싯다르타

싯다르타

헤르만 헤세 | 차경아 옮김

문예출판사

Siddhartha

Hermann Hesse

차례

- 이 책의 번역 저본은 *Siddhartha : Eine indische Dichtung*(Suhrkamp, 1974)이다.
- 본문의 주는 모두 옮긴이 주다.
- 인지명은 국립국어원의 외래어 표기법을 따르며 규범 표기 미확정인 경우는 원어 발음에 가깝게 표기했다.
- 영문, 한자 등의 병기는 처음 한 번을 원칙으로 했으나 내용 이해를 돕기 위해 예외를 두기도 했다.

1부

경애하는 친우 로맹 롤랑
1914년부터 품어온 소망입니다.
마침 나에게 역시 파고든 정신의 질식 상태를
문득 절감하게 되었던 그해 가을,
우리는 민족을 초월한 하나의 믿음 속에서
낯선 언덕에 서서 마주 손을 잡았지요.
그 이후로 나는 당신에게 내 사랑의 표지를,
아울러 내 행위의 실증을,
즉 내 사유의 세계를 응시하는
한 줄기 시선을 전하리라는 소망을 품어왔습니다.
아직 미완성인 이 인도의 시,
제1부를 당신에게 바치오니 삼가 받아주십시오.
—헤르만 헤세

브라만의 아들

브라만*의 귀여운 아들 싯다르타는 젊은 매처럼, 역시 브라만의 아들인 친구 고빈다와 함께 집 그늘에서, 작은 배가 떠 있는 양지바른 강 언덕에서, 사라수(沙羅樹) 그늘에서, 무화과나무 그늘에서 성

---

* Brahman. 바라문〔婆羅門〕이라고도 한다. 인도에는 브라만(승려 계급), 크샤트리아(왕족), 바이샤(평민), 수드라(노예)라는 네 계급이 있는데, 그중 최고 계급이다. 또한 브라만은 브라만교의 전권(專權)을 장악하여 임금보다 상위에 있으며, 신의 후예를 자칭하고 정권을 배심한다. 그들의 생활은 다음 네 가지 기간으로 나뉜다.

1. 스승 밑에서 베다를 배우는 시기〔梵行期〕
2. 장년에 결혼하여 가정생활을 하는 시기〔家住〕
3. 노년에 산속에 들어가서 수도하는 시기〔林〕
4. 수도 후 다시 세상에 나와 편력하는 시기〔遊行〕

'브라만'에는 우주를 지배하는 지고의 신이란 뜻도 있다. 원래의 언어로는 '기도자', '말씀'을 의미했다고 한다.

장했다. 그리하여 목욕을 할 때, 세례를 받고자 몸을 씻을 때, 신성한 제사를 지낼 때면, 강 언덕에 비치는 태양이 그의 빛나는 어깻죽지를 갈색으로 그을렸고, 망고나무 숲속에서 어린애 장난을 칠 때, 어머니의 노래를 들을 때, 신성한 제사를 지낼 때, 학자인 부친의 가르침을 들을 때, 현자들의 담화에 어울릴 때면, 그늘이 그의 검은 눈동자에 흘러들었다. 어느덧 싯다르타는 현자들의 담화에 어울렸으며, 고빈다와 더불어 논쟁을 익혔고, 관찰의 기술과 깊이 생각하는 침사(沈思)의 행(行)을 닦았다. 그러면서 싯다르타는 언어 중의 언어, 옴*을 소리 없이 말할 줄 알게 되어, 호흡과 더불어 그 말을 통일된 혼(魂)으로 소리 없이 들이쉬며 내쉬었다. 그의 이마는 명철하게 사고하는 정신의 광채로 에워싸여 있었다. 어느새 자기 본성의 내면 깊은 곳〔深部〕에서 불멸하는 아트만**을, 우주와 합일된 존재를 깨닫고 있었다.

이렇듯 슬기롭고 지식을 갈망하는 아들을 보며 아버지는 마음속에서 깊이 용솟음치는 기쁨을 느꼈고, 아들 안에서 위대한 현자요

---

* Om, 唵. 주문의 첫머리에 놓는 비밀스러운 말이다. 흔히《우파니샤드》의 각 장마다 처음에 썼다. 본래는 A(아)+U(우)+M(ㅁ)이 모여서 된 말인데, A는 물질계 존재 안의 우주적 인격의 신을, U는 정신계 안의 우주적 인격의 신을 말했고, 이 A와 U는 꿈 안에 있으니 깨어서 잠든 것과 같아, 꿈 없는 깊은 잠 안에 있는 우주적 개체의 인격을 대표한다. 옴이란 일체 소리의 근본, 본질, 귀결을 뜻하므로 만법이 이 하나의 글자에 귀속된다고 해석한다. 또한 이 말은 본래 신에게 기원할 때 감탄사로 쓰였는데 시대의 변천과 함께 신비한 설명이 붙은 것이라고도 전해진다.

승려가, 브라만의 왕자가 자라고 있음을 보았다.

어머니 역시, 성큼성큼 걷고 앉아 있거나 서 있는 아들을 볼 때, 건강하고 아름다운 데다가 날씬한 다리로 걸어가는 아들을 볼 때, 예의 바른 태도로 인사하는 아들 싯다르타를 볼 때 가슴속에서 무한한 기쁨이 솟구쳐 올랐다.

빛나는 이마, 왕자다운 눈, 가느다란 허리로 싯다르타가 시내의 거리를 지나갈 때면, 브라만의 젊은 딸들 가슴은 사랑으로 달떴다.

그러나 그들 누구보다도 싯다르타를 사랑한 사람은 그의 친구, 브라만의 아들 고빈다였다. 그는 싯다르타의 눈과 아름다운 목소리를 사랑했다. 그는 싯다르타의 걸음걸이와 빈틈없이 예의 바른 몸짓을 사랑했다. 그는 싯다르타가 말하고 행동하는 모든 것을 사랑했다. 그리고 무엇보다도 싯다르타의 정신, 그의 고결하고 불길 같은 사랑과 뜨거운 의지, 높은 사명의 자각을 사랑했다. 고빈다는 잘 알았다. 싯다르다는 결코 평범한 브라만의 승려로 그치지 않으리라는 것을, 즉 부패한 제관, 주문을 외는 탐욕스러운 장사꾼, 천박하고 실속 없는 설교사나 교활하고 간악한 승려, 또는 수없이 많은 양 떼 중에 섞

** Atman. 우주적, 창조적, 중성적 원리인 브라만에 대해 인격적, 개인적 원리로서 아트만을 든다. 아트만은《우파니샤드》철학의 중심 개념이다. 아트만을 브라만과 동일하다고 인식하여, 아트만이 개체적 존재에서 우주적이고 총체적인 존재로 합일되어 이 세상의 모든 현상적 고통을 벗어난 무고(無苦)하고 안온한 경지에 살 수 있다고 여긴다. 번역할 때는 보통 아(我), 또는 진아(眞我)라고 옮기지만 보통 사용하는 의미의 아(我)가 아니라, 힌두교 삼위신(三位神)의 하나인 창조의 신이다. 아트만 자체를 브라만이라고도 일컫는다.

인 어리석고 선량한 한 마리 양에 그치지는 않으리라는 사실을. 아니, 사실 고빈다 역시 흔해빠진 그런 브라만의 한 사람이 되고자 하지는 않았다. 그는 사랑하는 친구, 훌륭한 친구 싯다르타를 따르고자 했다. 그리하여 훗날 언젠가 싯다르타가 신과 같은 존재에 이르면, 훗날 언젠가 싯다르타가 광휘의 나라로 입멸하면, 고빈다 역시 친구로서, 동반자로서, 하인으로서, 창을 드는 시종으로서, 그림자로서, 싯다르타를 따르고자 했다.

이렇듯 모든 사람은 싯다르타를 사랑했다. 싯다르타는 모든 사람에게 기쁨을 안겨주었고 모든 사람에게 즐거움이 되었다.

하지만 싯다르타 자신은 아무런 기쁨을 느끼지 못했고, 즐거움도 누리지 못했다. 무화과나무 정원의 장밋빛 길을 거닐 때, 명상의 숲 푸른 그늘에 잠겨 앉아 있을 때, 매일처럼 속죄의 손발을 씻을 때, 무성하게 그늘진 망고나무 숲에서 제사를 올릴 때, 싯다르타는 빈틈없이 예의 바른 몸가짐으로 모든 사람의 사랑을 차지했고, 모든 사람의 기쁨이 되었다. 하지만 싯다르타의 가슴속에는 아무런 기쁨도 없었다. 꿈〔夢想〕이, 끊임없는 사념(思念)이 그를 향해 강물에서 흘러나왔고, 밤에 뜨는 별에서 반짝였고, 햇빛에서 녹아 내렸다. 꿈이, 영혼의 불안이, 그를 향해 제단의 향불에서 피어올랐고,《리그베다》* 시구에서 뿜어 나왔고, 연로한 브라만의 가르침에서 방울져 내렸다.

싯다르타의 마음속에는 불만이 자라기 시작했다. 그는 느꼈다. 아버지의 사랑도, 어머니의 사랑도, 친구 고빈다의 사랑까지도 항상 그리고 영원히 자신을 행복하게 해주지 못하리라는 것을. 자신을 평온하게 하고, 흡족하게 하고, 만족하게 하지 못하리라는 것을. 싯다르타는 깨닫기 시작했다. 존경하는 아버지와 스승들, 그러니까 박학다식한 브라만의 승려들은 이미 그들의 지혜 중에서 가장 좋은 것을 거의 다 전해주었다는 것을. 그들은 지식의 전부를 자신이 기다리고 있는 그릇에 이미 쏟아부어버린 셈인데도, 그릇은 채워지지 않았고 정신은 미흡했으며 영혼은 불안정하고 마음은 평온하지 못하다는 것을. 성스러운 목욕 의식(聖浴)**이란 좋은 일이었다. 하지만 몸을 씻어주는 것은 단순한 물일 뿐, 죄를 씻어내지는 못했다. 정신의 갈증을 없애주지도, 마음의 불안을 풀어주지도 못했다. 신께 제물을 드리고 기도하는 일은 훌륭한 일이었다. 하지만 그게 모두 다인가? 과연 제물이 행복을 가져다주었는가? 그리고 그게 신과 무슨 관계인가? 세계를 창조했다는 프라야파티***는 참으로 존재했을까? 그가 홀로 존재하는 유일자(唯一者) 아트만이 아니었을까? 신들도 너나 나처럼 피조(被造)된, 시간의 지배를 받는 무상한 피조물이 아닐까? 그렇다면 신을 섬기는 일이 과연 선하고 올바르며, 의미 깊고 가장 높은 행위일까? 그럼 다른 누구를 섬긴단

---

* *Rig-Veda.* 고대 인도 브라만교의 경전으로 네 가지 베다 중 하나다. 《리그베다》에는 자연계의 구성 요소나 형상을 신격화하여 그들을 찬양하는 노래가 천여 개가 실려 있다.

** 성스러운 종교 의식으로 하는 목욕이다. 인도에서는 무더운 기후 때문에 목욕이 중요한 종교 의식의 하나로 자리 잡았고, 갠지스강에서 목욕을 하면 모든 죄가 사라진다고 믿는다.

*** Prajapati. 만물을 창조하고 지배하는 최고신이다.

말인가? 유일자인 아트만, 그를 숭배하는 이외에 다른 누구를 숭배한단 말인가? 그리고 각자가 지닌 자아의 속, 가장 깊은 내면, 불멸하는 마음속이 아닌 다른 어디에서 아트만을 찾을 수 있을까? 그곳이 아니라면 다른 어디에 아트만이 살며, 그 영원한 심장은 어디에서 뛸 것인가? 바로 가장 깊은 내면, 궁극이 되는 이 자아는 어디에 있을까? 그것은 살도 뼈도 아니요, 사고도 의식도 아니었다. 그렇게 현자들은 가르쳤다. 그렇다면 대체 아트만은 어디에 있는가? 그 자아로, 즉 나에게로, 아트만에게로 이르는 데는 어떤 다른 길이 있는 게 아닐까? 그 길을 찾는 게 값진 일이 아닐까? 아아, 그런데 어느 누구도 이 길을 가르쳐주지 않았고, 아무도 이 길을 알지 못했다. 아버지도, 현자인 스승들도, 성스러운 제례에서 부르는 찬가도! 브라만들과 그들의 성전(聖典)은 모든 것을 알고 있었다. 그들은 모든 것을 알았고, 모든 것에 더할 나위 없이 마음을 썼다. 세계의 창조와 언어의 생성, 음식과 호흡의 생성, 감각의 체계와 신들의 행적 등 무한히 많은 것을 알고 있었다. 하지만 가장 중요한 자, 단 하나 중요한 자인 유일자를 모를진대, 이 모든 것을 안다 한들 과연 무슨 가치가 있단 말인가?

성전의 많은 시구들, 특히 《사마베다》*의 《우파니샤드》**에 있

---

* *Sama-Veda*. 네 개의 베다 중 하나로 일정한 곡조에 맞추어 부르는 노래집이다. 운문 찬가 천여 개 중에서 이 책 특유의 것은 80장뿐이고 다른 것은《리그베다》의 것을 고쳐 지은 것이다.

는 훌륭한 시구들은 이 가장 깊은 궁극자에 대해 분명히 말했다. "너의 정신이 전 세계니라"고 거기에 적혀 있었고, 인간은 잠잘 때에, 깊이 잠잘 때에, 자신의 가장 깊은 내면에까지 침잠할 수 있으며 따라서 아트만 안에 머물게 된다고 적혀 있었다. 이 시구 안에는 놀랄 만한 지혜가 담겨 있었다. 가장 지혜로운 자들의 모든 지식이, 마치 벌들이 모은 꿀처럼 순수하게, 마술적인 언어 속에 응집되어 있었다. 과연 지혜로운 브라만 일족이 수없이 많은 세대를 이어오면서 모으고 보존해온 깨달음의 엄청난 가치는 결코 가벼이 볼 수 없다. 하지만 이 심오한 지식을 단순히 깨닫는 데 그치지 않고, 삶에서 체험하는 데 성공한 브라만은 어디에 있는가? 그런 승려는, 현자나 참회자는 어디에 있는가? 아트만 속에 잠들어 있는 것을 일깨워 내어 살아 있는 동작으로, 언행으로 구현시킨 깨달은 자〔道通者〕는 어디에 있는가? 싯다르타는 존경할 만한 수많은 브라만을 알고 있었다. 고결한 학자이며, 더할 수 없이 존경할 만한 자신의 아버지를 누구보다도 잘 알았다. 아버지는 감탄할 만한 인물이었다. 아버지의 행동은 조용하고 품위 있었고, 생활은 청렴했으며, 말씀은 지혜

** *Upanisad*. 이 말의 원뜻은 "좀 더 가까이 앉는다"로, 좀 더 깊은 진리를 말하는 책이라는 의미다. 붓다가 나기 이전부터 기원후 200년 사이에 차례로 만들어졌으리라 생각되는 백여 개의 철학서를 총칭하여 '우파니샤드'라 부른다. 우파니샤드의 사상에는 브라만과 아트만이 같다는 동일설(同一說), 유론(有論), 아트만론 등이 있다. 우파니샤드의 대체적 사상은 우주적 근본 원리인 브라만과 개인적 아트만이 합일(合一)될 때 진정한 낙을 얻을 수 있다 하여 보통 범아일여사상(梵我一如思想)이라 한다.

로웠고, 머릿속에는 훌륭하고 고결한 사상이 숨 쉬고 있었다. 하지만 그토록 박학다식한 아버지는 과연 열락(悅樂)* 속에서 살고 있는가? 마음의 평정을 얻었는가? 아버지 역시 아직도 구도자, 갈구하는 사람일 뿐이지 않을까? 아버지는 필시 한낱 목마른 자로서 제례에서, 성스러운 법전에서, 브라만 승려와 나누는 대화에서 성스러운 샘물을 간절히 구하는 자가 아니었을까? 왜, 아무런 흠도 없는 아버지가 매일같이 죄를 씻어내지 않으면 안 되는가? 왜, 매일같이 거듭해서 새로이 정죄(淨罪)를 하고자 애쓰지 않으면 안 되는가? 혹시 아버지의 내면에 아트만이 없는 게 아닐까? 아버지의 깊은 내면에는 샘의 원천이 흐르지 않는 게 아닐까? 이 원천을 우리는 찾아내야 한다. 자아 속에 흐르는 원천을. 그 원천을 우리 것으로 만들어야 한다! 그 밖의 모든 것은 헛된 구도요, 우회(迂廻)요, 방황일 뿐이었다.

싯다르타의 사상은 이러했다. 이것이 그의 갈증이요, 고뇌였다.

때때로 싯다르타는 《찬도기야 우파니샤드》**에 있는 구절을 외웠다.

"실로 범천(梵天)***의 이름은 진리로다. 진실로 이를 아는 자는

---

* 유한한 욕구를 넘어서서 얻는 큰 기쁨을 말한다.

** *Chandogya-Upanisad.* 백여 개의 《우파니샤드》 사상 중에서 중요하게 손꼽히는 13가지 사상 중 하나이다.

*** 인도 브라만교에서 창조를 주재하는 신으로, '브라흐마'라고 하며 범(梵)이라고 번역하여 부른다.

나날이 천상으로 들어가리라."

때때로 천상의 세계는 가까이 있는 듯이 보였다. 하지만 그는 한 번도 그곳에 이르지 못했다. 그 궁극의 갈증은 풀지 못했다. 그뿐만 아니라 그가 아는 현자들, 그 자신이 가르침을 받은 모든 현자 중의 현자 가운데서도, 천상의 세계에 이른 사람, 영원한 갈증을 완전히 푼 사람은 아무도 없었다.

"고빈다."

싯다르타가 친구에게 말했다.

"사랑하는 고빈다, 나와 같이 바니안나무* 밑으로 가서 묵상을 하자."

두 사람은 바니안나무 밑으로 가서 꿇어앉았다. 한쪽에는 싯다르타가, 스무 걸음 떨어진 곳에는 고빈다가. 옴을 부르려고 꿇어앉으며 싯다르타는 입속으로 이런 시구를 거듭 읊조렸다.

옴은 활, 영혼은 화살,
범(梵)은 우리가 필연코 맞혀야 할 화살의 과녁.

일상(日常)의 명상 시간이 지나가자 고빈다는 몸을 일으켰다. 저녁 시간이 되었다. 저녁의 성스러운 목욕 의식을 할 시간이었다. 그는 싯다르타의 이름을 불렀다. 싯다르타는 대답이 없었다. 여전히

---

* Banyan. 벵골보리수라고도 한다.

명상에 잠겨 있었다. 두 눈은 아득히 먼 한 점에 고정되어 있고, 혀끝은 이 사이로 약간 비어져 나와 있었다. 싯다르타는 마치 숨조차 쉬지 않는 듯한 모습이었다. 이렇듯 싯다르타는 옴을 생각하며, 화살인 양 자신의 영혼을 과녁인 범(梵)을 향한 채, 명상에 잠겨 앉아 있었다.

어느 날 싯다르타가 사는 거리로 사문(沙門)* 무리가 왔다. 순례하는 고행자, 바싹 마르고 초췌한 세 남자였다. 그리 늙지도 젊지도 않았고, 어깨는 먼지와 피투성이였으며, 거의 헐벗은 몸으로 햇빛에 그을리고 고독에 휩싸여서, 세상과 등진 낯선 모습을 한 세 남자, 인간 세계 안에서는 이방인이요 앙상한 자칼의 떼 같은 사문이었다. 그들의 등 뒤로는 소리 없는 정열의 숨결이, 희생적인 봉사와 가차없는 자기 부정의 숨결이 뜨겁게 풍겼다.

그날 저녁, 명상의 시간이 지난 뒤 싯다르타는 고빈다에게 말했다.

"친구여, 내일 아침 일찍 싯다르타는 사문들한테 가려 하네. 나는 사문이 될 걸세."

고빈다는 이 말을 들었을 때, 친구의 의연한 얼굴에서 시위를 떠난 화살처럼 되돌릴 수 없는 결심을 읽었을 때, 창백하게 핏기를 잃었다. 곧, 첫눈에 고빈다는 깨달았다. 이게 시작이라는 것을. 이제 싯다르타는 자신의 길을 걸어갈 것이며, 그의 운명이 움트기 시작

---

* Samana. 머리를 깎고 불문에 들어 도를 닦는 사람이다. 좋은 일을 닦고 나쁜 일은 일으키지 않는 수도자로 떠돌며 수행한다.

했다는 것을. 또한 싯다르타의 운명과 더불어 자신의 운명도 움트기 시작했다는 것을. 그리하여 고빈다의 얼굴은 마른 바나나 껍질처럼 창백해졌다.

"오오, 싯다르타."

고빈다가 소리쳤다.

"너희 아버님이 허락하실까?"

싯다르타는 깨달은 사람의 모습으로 고빈다를 바라봤다. 그는 순식간에 고빈다의 영혼을 꿰뚫어 읽었다. 고빈다의 영혼에는 불안한 마음과 의존하려는 마음이 있었다.

"오오, 고빈다."

그는 나지막이 말했다.

"우리 쓸데없는 말은 하지 말기로 하자. 내일 아침 동이 트는 그 순간 나는 사문의 생활을 시작할 걸세. 더는 그 얘기를 하지 말자."

싯다르타는 아버지의 방으로 들어섰다. 아버지는 돗자리 위에 앉아 있었다. 싯다르타는 아버지의 등 뒤로 다가서서 아버지가 인기척을 느낄 때까지 그대로 서 있었다. 브라만인 아버지가 말했다.

"싯다르타가 아니냐? 무엇 때문에 왔는지, 어서 말해보거라."

싯다르타는 대답했다.

"용서하십시오, 아버님. 내일 집을 떠나 고행자 무리로 가겠다는 말씀을 드리러 왔습니다. 사문이 되는 것, 그게 제 소원입니다. 아버님께서 그 길을 막지 않으시기를 바랍니다."

브라만 승려인 아버지는 침묵했다. 작은 창에 별들이 떠오르고 그 모습이 변할 때까지 침묵이 이어졌다. 그토록 오랫동안 방 안의 침묵은 깨지지 않았다. 아들은 두 손을 맞잡고 말없이 꼼짝 않고 서 있었고, 아버지 역시 말없이 꼼짝 않고 돗자리에 앉아 있었다. 별들은 하늘에서 흘러갔다. 마침내 아버지가 입을 뗐다.

"성급하고 격분한 어투로 말하는 것은 브라만에게 온당치 못한 일이다. 그러나 불쾌한 마음은 어쩔 수 없구나. 네 입에서 나온 그런 말을 두 번 다시 듣고 싶지 않다."

천천히 브라만은 일어섰다. 싯다르타는 여전히 두 손을 맞잡고 묵묵히 서 있었다.

"무엇을 기다리느냐?"

아버지는 물었다.

"아버님은 알고 계십니다."

싯다르타는 대답했다.

아버지는 불쾌한 마음으로 방을 나서, 불쾌한 마음으로 잠자리를 찾아 몸을 뉘었다. 한 시간이 지나도록 여전히 잠이 오지 않자, 브라만은 몸을 일으켜 서성대다가 집을 나왔다. 조그만 창으로 방 안을 들여다봤다. 싯다르타가 여전히 두 손을 맞잡은 채 꼼짝 않고 서 있었다. 싯다르타의 엷은 윗저고리가 창백하게 빛났다. 아버지는 마음속에 불안을 품은 채 잠자리로 되돌아왔다.

다시 한 시간이 지나도록 여전히 잠이 오지 않자, 브라만은 다시금 몸을 일으켜 서성대다가 집 밖으로 나와 중천에 뜬 달을 바라봤다. 창으로 방 안을 들여다봤다. 그 안에는 싯다르타가 여전히 두 손을 맞잡은 채 꼼짝 않고 서 있었다. 달빛이 그의 드러난 종아리에 반사되었다. 가슴에 근심을 안은 채 아버지는 잠자리로 돌아왔다.

한 시간 후에 아버지는 다시 갔고, 두 시간 후에 다시 갔다. 그리고 작은 창으로 들여다봤다. 처음에는 달빛 속에, 그다음에는 별빛 속에, 그다음에는 어둠 속에 서 있는 싯다르타를 봤다. 뒤이어 아버지는 매시간 가서 소리 없이 방 안을 들여다보며, 꼼짝 않고 서 있는 아들을 바라봤다. 아버지의 가슴은 처음에는 분노로 가득 찼고, 다음은 불안으로, 그다음에는 두려움으로, 마지막에는 슬픔으로 가득 찼다. 그리하여 동이 터오기 전 새벽녘에 아버지는 다시 가서 방으로 들어갔다. 그리고 크게도 보이고 낯설게도 보이는 젊은 아들이 서 있는 모습을 바라봤다.

"싯다르타."

아버지가 말했다.

"무엇을 기다리느냐?"

"아버님은 알고 계십니다."

"날이 밝도록, 점심때가 되고 저녁이 되도록 그렇게 서서 기다릴 참이냐?"

"서서 기다릴 겁니다."

"피로할 게다, 싯다르타."

"저는 피로해질 겁니다."

"너는 잠이 들 게다, 싯다르타."

"잠들지는 않을 겁니다."

"너는 죽을 게다, 싯다르타."

"저는 죽을 겁니다."

"그렇다면 아비한테 복종하기보다도 죽기를 바라느냐?"

"싯다르타는 항상 아버님께 복종해왔습니다."

"그러면 네 계획을 포기할 것이냐?"

"싯다르타는 아버님께서 하라시는 대로 할 작정입니다."

아침의 첫 햇살이 방 안으로 흘러들어왔다. 브라만은 싯다르타의 무릎이 소리 없이 떨리는 것을 보았다. 하지만 싯다르타의 얼굴에는 아무런 동요도 없었다. 두 눈은 아득한 곳을 응시하고 있었다. 그래서 아버지는 깨달았다. 싯다르타가 자기 곁에, 고향에 머물지 않으리라는 것을. 싯다르타가 이미 자기를 떠났다는 것을.

아버지는 싯다르타의 어깨를 만졌다.

"숲으로 가서 사문이 되거라."

아버지는 말했다.

"숲속에서 법열(法悅)*을 찾거든 와서 내게도 가르쳐다오. 실망하거든 다시 돌아오거라. 우리 같이 다시금 신들을 섬기도록 하자. 그럼 가서 어머니한테 입맞추고 네가 가는 곳을 말씀드려라. 나는 강으로 가서 첫 목욕 의식을 올릴 시간이 되었구나."

아버지는 아들의 어깨에서 손을 떼고 밖으로 나갔다. 걸음을 뗀 싯다르타는 한쪽으로 비틀거렸다. 그는 가까스로 팔다리를 지탱하

---

* 참된 이치를 깨달았을 때 느끼는 황홀한 기쁨을 말한다.

고 아버지께 인사를 한 후 어머니에게로 가서 아버지가 말씀하신 대로 했다.

싯다르타가 첫 아침 햇살을 받으며 무거운 다리를 이끌고 아직도 고요한 도시를 천천히 떠날 때에, 거리의 외딴 오두막 옆에서 웅크리고 있던 그림자가 몸을 일으키더니 이 순례자와 합류했다. 고빈다였다.

"너도 왔구나."

싯다르타가 말하며 웃음 지었다.

"나도 왔네."

고빈다가 말했다.

사문들 곁에서

그날 저녁 두 사람은 고행자인 바싹 마른 사문들을 뒤쫓아가, 그들과 동행하며 복종하겠다고 청하여 허락을 얻었다.

싯다르타는 길가에서 만난 가난한 브라만에게 자기의 옷을 주어 버렸다. 그는 그저 아랫도리만 가리고 꿰매지도 않은 갈색 헝겊 자락을 걸쳤을 뿐이었다. 그는 다만 하루에 한 끼 식사를 하되 결코 요리한 음식을 먹지 않았다. 그는 보름 동안 단식을 했다. 그는 한 달 동안 단식을 했다. 그의 허벅지와 뺨에서는 살이 빠져나갔다. 한층 커다래진 두 눈에서는 뜨거운 꿈이 불타올랐고, 앙상한 손가락에서는 손톱이 길게 자랐으며, 턱에는 까실까실한 수염이 텁수룩하게 자랐다. 여자들과 부딪칠 때면 그의 눈초리는 얼음처럼 싸늘해졌고, 호화롭게 치장한 사람들에 뒤섞여 도시를 지나갈 때면 그의 입가에 경멸의 빛이 떠올랐다. 그는 장사하는 상인들, 사냥 가는 귀족들, 죽은 자를 애통해하는 상제들, 몸을 파는 창부들, 환자 때문에 애쓰는 의사들, 파종의 날을 맞추는 승려들, 사랑하는 애인들, 아이에게 젖을 주는 어머니들을 보았다. 그렇지만 모든 것이 그에게는 거들떠볼 가치가 없었다. 모든 것은 거짓이었다. 모든 것은 악취가 났다. 거짓의 냄새가 났다. 모든 것은 마치 의미 있고 행복하며 아름답게 보였지만, 실상은 보증할 수 없이 썩어 없어질 것이었다. 세상은 쓰디쓴 맛이었다. 인생은 번뇌였다.

하나의 목표가, 단 하나의 목표가, 싯다르타 앞에 세워졌다. 그것은 해탈이었다. 갈증에서, 욕망에서, 꿈에서, 기쁨과 슬픔에서 해탈하는 것이다. 자기 자신을 죽이는 것, 자아를 벗어나는 것, 텅 빈 마음에서 안식을 찾는 것, 자아를 벗어난 사유 가운데서 기적을 만나는 것, 그것이 그의 목표였다. 일체의 자아를 극복하고 소멸시켰을 때에, 가슴속의 모든 욕구와 충동이 침묵할 때에, 비로소 가장 궁극의 것, 이미 자아가 아닌 본질 속의 가장 깊은 내면의 것, 위대한 비밀이 깨어날 게 틀림없었다.

수직으로 내리쬐는 햇빛을 받으며 싯다르타는 묵묵히 서 있었다. 견딜 수 없는 고통, 타는 듯한 갈증을 견디면서, 그 고통, 그 갈증을 더는 느끼지 못할 때까지 서 있었다. 그는 비가 내리치는 가운데서도 묵묵히 서 있었다. 빗방울이 머리털에서부터 시린 어깨, 시린 허리와 다리로 흘러내렸다. 그런데도 이 참회자는 어깨와 다리의 찬 감각이 없어질 때까지, 어깨와 다리가 침묵하며 안정될 때까지 서 있었다. 그는 묵묵히 가시덤불 속에 웅크리고 있었다. 타는 듯이 쑤시는 피부에서는 선혈이 흐르고 상처에서는 고름이 흘렀다. 그런데도 싯다르타는 더는 선혈이 흐르지 않을 때까지, 더는 찌르지도 쑤시지도 않을 때까지, 굳어버린 듯 꼼짝 않고 앉아 있었다.

싯다르타는 똑바로 앉아 호흡을 아끼는 법을 배웠다. 거의 호흡을 하지 않고 견뎌내는 법을, 호흡을 멈추는 법을 배웠다. 그는 호흡과 더불어 자신의 심장 고동을 쉬게 하는 법을 배웠고, 심장의 고동수를 점점 적게 하여 마침내는 거의 심장이 고동치지 않게 하는 법을 배웠다.

사문 중의 가장 연장자에게 가르침을 받아, 싯다르타는 새로운 사문의 규칙을 좇아 자아에서 벗어나는 법을, 침사하는 법을 연습했다. 해오라기 한 마리가 대나무 숲 위를 날아갔다. 그러면 싯다르타는 그 새를 자신의 영혼 안에 흡수하여 숲과 산 위를 날았다. 그는 해오라기였다. 물고기를 잡아먹고, 해오라기의 배고픔을 느끼며, 해오라기처럼 지저귀었고, 해오라기의 죽음을 겪었다. 죽은 자칼 한 마리가 모래 언덕에 누워 있었다. 그러면 싯다르타의 영혼은 그 시체 속으로 흘러들어갔다. 그는 죽은 자칼이었다. 해변에 자빠져 누워 부풀고 썩어 악취를 뿜었다. 시체를 먹는 산돼지에게 먹히고 독수리에게 뜯겨 해골이 되고 먼지가 되어 들판에 흩날렸다. 이렇게 싯다르타의 영혼은 다시 돌아왔다. 죽어서 썩어 가루로 날렸고, 이렇게 하여 윤회의 슬픈 무아경을 맛보았다. 그는 마치 사냥꾼처럼 새로운 기대감에 차서, 이 윤회에서 빠져나올 수 있을 지점, 인과 법칙이 종식을 고하고 고뇌 없는 영원이 시작되는 틈새를 겨누며 기다렸다. 그는 자신의 감각을 죽였다. 자신의 기억을 죽였다. 자신의 자아에서 빠져나와 몇천의 낯선 형상 속으로 미끄러져 들어갔다. 그는 짐승이 되고, 썩은 고기가 되고, 돌이 되고, 나무가 되고, 물이 되었다. 그런데도 번번이 깨어나면 자신으로 되돌아왔다.

태양은 여전히 빛났고 달도 여전히 빛났다. 그는 다시금 자기 자신이었다. 윤회 속에서 떠다니며 갈증을 느꼈다. 그리고 이 갈증을 이겨내고 나면 새로운 갈증을 느꼈다.

싯다르타는 사문들 곁에서 많은 것을 배웠다. 자아를 초극하는 많은 길을 배워 걸었다. 그는 고통을 통해 자아에서 벗어나는 길을 걸었고, 고통과 배고픔과 목마름과 피로감을 자진해서 겪고 극복함으로써 자아에서 벗어나는 길을 걸었다. 그는 명상으로, 모든 표상에 대한 감각을 비워버리는 것으로 자아에서 벗어나는 길을 걸었다. 그는 이런저런 여러 길을 걷는 것을 배워 몇천 번 자아를 버렸다. 몇 시간 동안, 며칠 동안, 무아(無我)의 경지에 머물러 있었다. 하지만 아무리 자아를 떠난 길을 달려가도, 그 끝은 결국 자아로 되돌아왔다. 싯다르타가 아무리 몇천 번을 자아에서 도망쳐 무(無) 속에 머무르고 동물 속에, 돌 속에 머무른다 할지라도 자아로 되돌아오는 것은 피할 수 없었다. 유한한 시간에서 빠져나올 수는 없었다. 태양빛 속에서, 달빛 속에서, 그늘 안에서, 비가 오는 가운데에서 다시금 자아를 되찾았다. 그리하여 다시금 개체인 싯다르타로 되돌아와 주어진 윤회의 고통을 느낄 수밖에 없었다.

싯다르타의 곁에는 그의 그림자 고빈다가 함께 있었다. 고빈다도 같은 길을 걸으며 같은 목표를 위해 진력을 다했다. 두 사람은 봉사와 수행의 과정에서 필요한 경우를 제외하고는 서로 별로 말이 없었다. 간혹 자신과 스승들의 양식을 얻기 위해 둘이서 마을을 이리저리 돌아다닐 때가 있었다.

"어떻게 생각하나? 고빈다."

어느 날 탁발 길에서 싯다르타가 물었다.

"어떻게 생각하나? 과연 우리가 먼 길을 나아간 걸까? 우리는 목표에 도달한 걸까?"

고빈다가 대답했다.

"우리는 많이 배웠지. 그리고 계속 배울 걸세. 자넨 위대한 사문이 될 테고, 싯다르타. 자네는 빠르게 모든 수련을 익혔네. 연로한 사문들께서도 자네를 보고 여러 차례 감탄하셨지. 오, 싯다르타, 자네는 성자가 될 거야."

싯다르타가 말했다.

"나는 그렇게 생각하지 않네, 친구여. 지금까지 사문들 곁에서 배운 것은 실상, 좀 더 빨리, 좀 더 용이하게 배울 수도 있었을 걸세, 고빈다. 창기들이 있는 아무 술집에서나 노동자들과 도박꾼들과 어울렸다 하더라도, 나는 배울 수 있었을 걸세."

고빈다가 말했다.

"싯다르타, 나한테 농담을 하네그려. 그런 비참한 사람들 곁에서 어떻게 침사를 배울 수 있단 말인가? 어떻게 호흡을 정지하는 법을 배울 수 있단 말인가? 배고픔과 고통에 무감각해지는 것을 배울 수 있단 말인가?"

그러자 싯다르타는 자기 자신에게 말하듯이 나지막이 말했다.

"침사란 무엇인가? 육체를 버리는 것이란 무엇인가? 단식이란 무엇인가? 호흡을 중지하는 것이란 무엇인가? 그것은 자아에서 도피하는 걸세. 자아의 번뇌에서 일시적으로 빠져나오는 것일 뿐이야. 생의 무상함과 번뇌를 잊으려는 일시적인 마취에 지나지 않는 걸세. 여인숙에 묵는 목자(牧者)라도 몇 잔의 술을 마실 때, 발효한 야자유를 마실 때, 똑같은 도피와 똑같은 일시적인 마취를 맛보네. 그때 그 사람도 자기 자신을 잊고 생의 번뇌를 잊으며 일시적인 마취에 빠지지. 술잔 앞에서 졸고 있을 때 그 사람은 싯다르타와 고빈다가 오랜 수행을 하며 육신을 벗어나 무아의 경지에 머무를 때 발견하는 것과 같은 경지를 발견하는 걸세. 바로 그런 걸세, 오, 고빈다."

고빈다가 말했다.

"오, 친구여. 말은 그렇게 하지만 싯다르타, 자네는 목자가 아니고, 사문은 술꾼이 아니라는 것을 잘 알지. 술꾼은 몽롱하게 취한 채 일시적인 도피와 휴식을 얻을는지 모르지만, 결국 미몽에서 깨어나게 마련이고 모든 것이 옛날과 다름없음을 발견하게 되네. 전보다 더 지혜로워지지도, 지식을 쌓지도, 더 높은 단계로 올라서지도 못했네."

그러자 싯다르타는 웃음 지으며 말했다.

"나는 모르네. 나는 지금껏 술꾼이 되어본 적이 없으니까. 그렇지만 나, 싯다르타는 침사와 수행의 가운데에서 단지 일시적인 마취를 맛보았을 뿐이라는 것, 태중에 있는 어린애처럼 깨달음과 해탈에 이르기에는 아직도 까마득하다는 것, 그것을 알 뿐이야. 오, 고빈다, 나는 그 사실을 알고 있네."

그리고 다시 싯다르타가 마을에서 동료 사문들과 스승이 먹을 것을 얻기 위해 고빈다와 함께 숲을 떠나게 된 어느 날, 싯다르타는 입을 열었다.

"오, 고빈다. 어떻게 생각하나? 우리는 지금 올바른 길을 걷는 걸까? 우리는 과연 도(道)를 인식하는 경지에 접근하고 있을까? 해탈에 접근하고 있을까? 아니, 우리는 혹시 여전히 윤회 속을 맴도는 게 아닐까? 어찌되었든 윤회에서 빠져나오겠다고 염원해온 우리들이 말일세."

고빈다가 말했다.

"우리는 많은 것을 배웠네, 싯다르타. 아직도 배울 게 많이 남아 있어. 우리는 윤회 속을 맴도는 게 아니고 높은 곳을 향해 올라가고 있네. 윤회의 수레바퀴는 일종의 나선형이네. 많은 단계를 우리는 이미 올라선 걸세."

싯다르타가 대답했다.

"우리의 존경하는 스승, 가장 연로하신 사문의 연세가 대강 얼마나 되셨으리라고 생각하나?"

고빈다가 말했다.

"우리의 노사문께서는 아마 육십 세는 되셨을 테지."

그러자 싯다르타가 말했다.

"그분은 육십 세가 되셨지만 여전히 열반에 이르지 못했네. 그분은 칠십 세가 되고 팔십 세가 되겠지. 그리고 자네와 나, 우리도 그렇게 늙어가면서 수행하고 금식하며 명상을 할 테지. 그렇지만 우리도 열반에는 이르지 못할 걸세. 스승도, 우리도. 오, 고빈다, 이 세상의 모든 사문 가운데에서 아마도 한 사람도, 단 한 사람도 열반에는 이르지 못하리라고 생각하네. 우리는 위안을 얻고, 마취되고, 우리 스스로를 속이는 기교를 배울 뿐이지. 그렇지만 우리는 본질적인 것, 길 중의 길은 발견하지 못할 걸세."

"그렇게 두려운 말을 입에 올리다니, 싯다르타!"

고빈다가 말했다.

"그토록 많은 학자 가운데에서, 그토록 많은 브라만 가운데에서, 그토록 많은 엄격하고 존경할 만한 사문 가운데에서, 그토록 많은 구도자와 그토록 많은 혼신을 다한 탐구자와 그토록 많은 성자 가운데에서 길 중의 길을 발견하는 자가 어찌 아무도 없겠는가?"

하지만 싯다르타는 슬픔과 조소를 띤 어조로 낮으면서도 슬픈 듯한, 조소하는 듯한 음성으로 말했다.

"고빈다, 머지않아 자네 친구는 그토록 오랫동안 자네와 더불어 걸어온 이 사문의 길을 떠날 걸세. 오, 고빈다, 나는 갈증으로 괴롭네. 이토록 오랫동안 사문의 길을 걸어오면서도 내 갈증은 조금도 가시지 않았어. 언제나 지식을 갈구했고 언제나 의문으로 가득 차 있었네. 몇 해를 거듭해 지나오면서 나는 브라만에게 물었고, 베다 성전에 물었어. 그리고 또 몇 해를 거듭해서 믿음 두터운 사문들에게 물었고. 오, 고빈다. 아마도 한 마리 새나 침팬지에게 물어봤다 해도, 그만큼은 선해졌을지 모르네. 그만큼은 지혜로워지고, 그만큼은 성스러워졌을지 모르네. 오, 고빈다, '인간은 아무것도 배울 수 없다'는 사실을 배우기 위해 나는 오랜 시간을 허비해왔고 아직도 그 배움에 마무리를 짓지 못했네. 참으로 우리가 소위 '배운다'고 이름할 수 있는 건 없다고 생각하네. 오, 친구여. 단 하나의 깨달음이 있을 뿐일세. 그 깨달음은 어디에나 있네. 내 속에, 자네의 속에 그리고 모든 존재 속에 있는 것, 아트만이라는 깨달음이네. 그리하여 나는 믿기 시작했네. 이 깨달음 앞에서는 알고자 하는 것, 배운다는 것보다 더 경박한 적은 없다는 것을."

그러자 고빈다는 걸음을 멈추고 두 손을 높이 들면서 말했다.

"싯다르타, 그런 말로 자네의 친구를 불안하게 하지 말았으면 하네. 실로 자네의 말은 내 가슴속에 불안을 일깨운다네. 그렇다 해도 생각해보게. 자네의 말 대로라면, 배움이 없다면, 대체 간절한 기원의 성스러움은 어디로 가며, 브라만 계급의 권위는 어디로 가며, 사문의 신성함은 어디로 가겠는가? 오, 싯다르타, 그렇다면 이 세상에서 신성하고 가치 있고 존중할 만한 것이 대체 무엇이란 말인가?"

그러고 나서 고빈다는 혼자서《우파니샤드》의 한 구절을 읊었다.

정(淨)해진 정신으로 명상하며 아트만 속에 침잠한 자여,

말로 할 수 없는 열락이 그 마음에 있으리로다.

하지만 싯다르타는 침묵했다. 그는 고빈다가 한 말을 생각했다. 그 말을 의미의 끝까지 생각했다.

그렇다, 우리에게 신성해 보이는 모든 것 중에서 무엇이 남을까? 하고 그는 고개를 숙인 채 우뚝 서서 생각했다. 무엇이 남을까? 무엇이 보존될까? 그리고 그는 고개를 가로저었다.

이 두 청년이 사문들과 함께 지내며 더불어 수행한 지 어언 3년이 되는 어느 날, 온갖 길을 거치고 돌아서 한 소식이, 소문이, 풍설이 젊은이들의 귀에 들려왔다. 고타마라는 한 인물이, 이승의 번뇌를 초극하고 윤회의 바퀴를 멎게 한 숭고한 인물 붓다가 나타났다는 소문이었다. 그는 가르침을 베풀면서 젊은이들에게 에워싸여 온 나라를 누비고 다닌다고 했다. 재물도, 고향도, 아내도 없이, 고행자의 누런 빛깔 가사를 걸친 행색인데도 빛나는 이마를 가진 축복을 받은 자였고, 그의 앞으로 브라만들과 제후들이 와서 경배하며 제자가 된다고 했다.

이러한 전설, 소문, 동화가 여기저기서 음향처럼, 향기처럼 번져왔다. 도시에서는 브라만들이, 숲속에서는 사문들이 이러한 소문을 말했다. 고타마, 붓다의 이름은 젊은이들의 귀에 좋게, 또는 나쁘게, 또는 칭송의 말로, 또는 비방의 말로 거듭서듭 들려왔다.

마치 어떤 지방에 흑사병이 만연하면, 어느 지방에는 말과 입김만으로 능히 모든 전염병 환자를 고치는 어진 명의가 있다는 소문이 솟아나듯이, 그리하여 이 소문이 온 나라에 두루 퍼지고 누구나 그 명의에 관해 말하며 누구는 믿고 누구는 미심쩍게 생각하지만, 어느덧 많은 사람이 어진 명의, 구세주를 찾아 길을 떠나듯이, 그 소문, 고타마, 붓다, 샤아캬〔釋迦〕족 태생의 현자에 관한 향기로운 소문이 온 나라에 두루 삽시간에 번져갔다. 그는 최고의 인식에 도달했고, 전생을 기억하며, 니르바나〔涅槃〕에 이르러 다시는 윤회에 빠져들지 않으며, 다시는 형상계의 탁류에 휩쓸리지 않는다고 그를 신봉하는 자들은 말했다. 그를 두고 수많은 신기하고 불가사의한 말들이 떠돌았다. 기적을 행하고, 악마를 이기고, 신과 대화를 한다고 했다. 하지만 그를 신봉하지 않는 적대자들은 고타마야말로 천박한 유혹자로서 편안한 세월을 속절없이 보내고 있고, 제례를 경시하며 학식도 없고 수행도 금욕도 모르는 자라고 말했다.

붓다에 관한 소문은 달콤했다. 이 소문에서 붓다는 매력이 풍겼다. 실로 세계는 병들었고, 인생은 고해(苦海)였다. 그런데 보라! 여기에는 샘이 솟는 것 같지 않은가. 여기에는 위안과 사랑과 고귀한 약속이 가득 찬 복음이 울리는 듯싶었다. 붓다의 소문이 울려오는 도처에서, 인도 방방곡곡에서, 청년들은 귀를 기울였고 동경과 희망을 느꼈다. 그리하여 지존(至尊) 샤아캬무니〔釋迦牟尼〕 이야기를 안고 오는 순례자나 나그네는 누구든지 마을과 도시 곳곳에서 브라만 아들들의 환영을 받았다.

깊은 산속 사문들에게도, 싯다르타와 고빈다에게도 이 소문이 들려왔다. 물방울처럼 드문드문 서서히 들려왔지만 들리는 소리는 어느 것이나 희망으로, 의혹으로 가득 찼다. 두 사람은 그 소문을 별로 입에 올리지는 않았다. 사문의 최고 장로가 이 소문을 좋아하지 않았기 때문이다. 그 장로는 붓다를 사칭하는 그자가 언젠가 금욕자로서 깊은 산속에서 살았는데 그 뒤 곧 영화와 쾌락의 세계로 환속한 자라는 소문을 듣고, 고타마에게 도저히 존경의 마음을 품을 수 없었기 때문이었다.

"오오, 싯다르타."

어느 날 고빈다가 친구에게 말했다.

"오늘 마을에 갔는데 한 브라만이 나를 자기 집으로 초대했네. 그런데 그의 집에는 붓다를 직접 눈으로 보고 가르침을 귀로 들은 마가다국* 출신 브라만의 아들이 있었네. 진실로 말하자면 그때 나는 고통스럽도록 가슴이 조여왔네. 그리고 이렇게 생각했네. 나도 역시, 아니 싯다르타 자네와 나 우리 두 사람 역시, 그 선지자의 입에서 나오는 가르침을 직접 들을 수 있다면! 하고. 어떤가, 친구, 우리도 그곳에 가서 붓다의 가르침을 직접 듣지 않으려나?"

싯다르타가 말했다.

"오오, 고빈다. 고빈다라면 언제까지나 사문들 곁에 남아 있으리라 생각했네. 그리고 자네는 육십 세, 칠십 세가 되도록 여기에 머무

---

* Maghada. 중인도에 있던 옛 왕국이다. 불교와 관계가 깊은 나라로 세존(世尊)의 생존 시에는 빈바사라 왕이 왕사성(王舍城)에 도읍하고 나라를 다스려 문화가 크게 발달했다. 세존은 이 마가다국의 나이란야나 강가에서 도를 깨쳤다고 한다.

르며 사문을 장식하는 기예(技藝)를 익히며 수행하리라고 늘 믿었네. 그런데 보게, 나는 고빈다를 너무나 알지 못했네. 자네의 심중을 거의 헤아리지 못했네. 내 소중한 친구여, 이제 자네는 새로운 길로 접어들어 붓다의 설법이 들리는 곳으로 가려 하는구나."

고빈다가 말했다.

"자네는 비웃기를 좋아하는구나. 설령 비웃기를 좋아한다손치자, 싯다르타! 그러나 자네 마음속에도 붓다의 설법을 듣고 싶은 욕구와 의지가 있지 않은가? 그리고 사문의 길을 더 오래 걷지 않으리라고 자네 입으로 말하지 않았나?"

그러자 싯다르타는 슬픔과 조소의 그림자가 드리운 듯한 특유의 방식으로 소리내어 웃으며 말했다.

"맞아, 고빈다. 자네 말이 옳아. 자네 기억이 맞아. 아마 내가 한 또 다른 말도 기억하고 있을걸. 내가 가르침과 배움에 의혹을 품고 싫증을 느끼고 있다고, 또한 스승들이 전해주는 말씀에 내가 믿음이 극히 적다고 말한 것을. 아무렴, 친구여! 나 역시 그 설법을 듣기로 마음먹었다네. 비록 내 마음속에는, 그 설법 중 가장 값진 열매는 이미 맛본 셈이라는 생각이 들기는 하지만."

고빈다가 말했다.

"자네의 결심을 들으니 내 마음이 즐겁네. 그런데 어떻게 그게 가능한지 말해주게. 우리가 듣기도 전에, 어떻게 고타마의 가르침 중 가장 값진 열매를 이미 맛본 셈이라는 건가?"

싯다르타가 말했다.

"우리 이 열매를 맛보세. 그리고 앞으로 맛볼 열매를 기다리세. 오오, 고빈다! 우리가 이미 고타마에게 감사하고 있는 이 열매는, 그가 우리를 사문들 곁에서 떠나도록 우리를 부르고 있다는 걸세! 그가 우리에게 더 값진 또 다른 것을 줄 수 있을지 없을지는, 오오, 친구, 우리 조용한 마음으로 기다려보세."

바로 그날, 싯다르타는 사문의 최고 장로에게 떠나겠다는 결심을 아뢰었다. 그는 아랫사람으로서, 제자로서 본분에 합당하게, 예의 바르고 겸손한 태도로 말씀을 드렸다. 그러나 그 사문은 두 청년이 떠난다고 하자, 대로(大怒)하여 큰 소리로 꾸짖었다.

고빈다는 놀라서 어찌할 바를 몰랐다. 하지만 싯다르타는 고빈다의 귀에 대고 이렇게 속삭였다.

"지금이야말로 이 노인에게, 내가 그의 곁에서 배운 바를 보여주겠네."

싯다르타는 정신을 통일해 그 사문 앞에 가까이 서더니, 두 시선을 노인의 시선에 고정한 후 노인을 꼼짝 못하도록 사로잡았다. 그리고 벙어리가 되게 하고 의지를 잃게 하여 싯다르타 자신의 의사에 따라, 싯다르타가 요구하는 대로 소리 없이 복종하도록 명했다. 노인은 벙어리가 되었고 눈은 굳어버렸으며 의지는 마비되었고 팔은 맥없이 늘어져, 무력하게 싯다르타의 마력(魔力)에 따랐다. 싯다르타의 사고(思考)가 이 사문을 지배하여, 노사문은 싯다르타의 명령에 복종할 수밖에 없었다. 그리하여 노인은 몇 번이나 고개 숙여 절을 하고 축복의 합장을 하면서, 경건한 여행이 되라고 더듬더듬

축원했다. 청년들도 감사하며 마주 절을 하고 마주 축원하며 작별 인사와 함께 그곳을 떠났다.

도중에 고빈다가 말했다.

"오오, 싯다르타. 자네는 사문들 곁에서 내가 아는 것보다 한결 더 많은 것을 배웠구나. 노사문을 마력으로 사로잡기란 어려운 일이지. 실로, 자네가 거기 그대로 머물렀다면 물 위를 걷는 법도 쉽게 배웠을 걸세."

"나는 물 위를 걸어가기를 갈망하지 않네."

싯다르타가 말했다.

"늙은 사문들께서는 그런 기예에 스스로 만족할 테지만."

고타마

사바티*에서는 삼척동자라도 지존(至尊) 붓다의 이름을 알고 있었다. 그리하여 어느 집에서나, 말없이 시주를 구하는 고타마〔瞿曇〕 제자들의 탁발을 가득 채워주었다. 이 도시 근처에는 고타마가 가장 즐겨 머무는 기원(祇園) 예타바나**가 있었다. 고타마의 신봉자인 부유한 상인 아나타핀디카가 고타마와 그의 제자들을 위해 희사한 곳이었다.

---

* Savathi. 사위성(舍衛城)이라 번역한다. 중인도 교살라국의 도성으로서 부처님이 계실 때 바시닉 왕, 유리 왕이 살았으며, 성 남쪽에 유명한 기원정사가 있다. 현재 콘다주의 세트마헤트로 밝혀졌다.

** Jetavana. 중인도의 사위성 남쪽 1마일 지점에 있는 삼림(森林)이다. 기다수급고독원(祇多樹給孤獨園), 또는 기수원, 기원, 급고독원, 기원정사로 불린다.

두 젊은 고행자는 고타마의 거처를 찾아가면서 그 지역에 대한 많은 이야기를 주고받았다. 사바티에 도착한 두 사람은 시주를 청하려고 선 바로 첫 집에서 음식을 대접받아 먹었다. 그때 싯다르타는 음식을 건네주는 부인에게 물었다.

"자비로운 부인이시여. 존귀하신 붓다가 어디 계신지, 우리는 진심으로 알고자 합니다. 우리 두 사람은 숲에서 온 사문으로, 정각(正覺)에 이르신 존자 붓다를 보려고, 그의 입에서 흘러나오는 설법을 들으려고 왔습니다."

부인이 대답했다.

"숲에서 온 사문들이여, 당신들은 참으로 잘 찾아오셨습니다. 지금 그 높으신 분께서는 기원에, 아나타핀디카의 정원에 머무르고 계십니다. 순례자들이여, 당신들은 그곳에서 밤을 지낼 수 있을 겁니다. 그곳에는 그분의 설법을 들으려고 물 밀듯 몰려오는 수많은 사람들을 받아들일 만큼 충분한 장소가 있으니까요."

그 말을 듣자 고빈다는 기뻐했다. 그는 기쁨에 넘쳐 소리를 쳤다.

"그렇다면 우리가 목표를 달성하고 우리가 길을 다 온 셈이군요! 그렇지만 순례자의 어머니시여, 말씀해주십시오. 당신은 그 붓다를 아십니까? 당신의 눈으로 직접 본 일이 있으십니까?"

부인이 대답했다.

"나는 그 높으신 분을 여러 번 뵈었습니다. 누런 가사를 걸치고 묵묵히 거리를 걸어가시는 모습을, 집집마다 대문 앞에 이르러 묵묵히 탁발할 공양 그릇을 내놓으시는 모습을, 그리고 채워진 그릇을 들고 표표히 떠나시는 모습을 여러 날 보았습니다."

고빈다는 기쁨에 들떠 어쩔 줄 모르며 귀를 기울였고 더 많은 것을 묻고 답을 듣고 싶어 했다. 하지만 싯다르타는 계속 길을 떠나자고 재촉했다. 두 사람은 부인께 감사를 하고 길을 떠났다. 기원으로 가는 길은 다시금 물어볼 필요도 없었다. 적지 않은 순례자와 고타마 교단의 승려들이 기원으로 가고 있었다. 그들은 한밤중에 그곳에 도착했기 때문에, 무리가 끊임없이 도착하여 숙소를 구하고 정해 받느라 외치고 떠드는 소리가 들려왔다. 숲속 생활에 길이 든 두 사문은 쉽사리 소리 없이 의지할 곳을 찾아 아침까지 쉬었다.

해 뜰 무렵, 두 사람은 거기에서 밤을 지낸 무리, 신자들과 호기심에 찬 무리가 엄청나게 많음을 보고 깜짝 놀랐다. 아름다운 숲속의 길목길목마다 누런 가사를 걸친 승려들이 거닐었고, 여기저기 나무 그늘에도 명상에 잠긴 승려들, 영적인 대화를 하는 승려들이 앉아 있었다. 녹음이 우거진 정원은 마치 인간들이 벌 떼처럼 붐비는 장터 같았다. 대부분의 승려가 하루의 유일한 끼니인 점심 식사를 얻으려고 마을로 탁발을 떠나고 있었다. 그리고 각성자(覺醒者) 붓다도 아침이면 시주를 청하러 떠나곤 했다.

싯다르타는 붓다를 보았다. 마치 신이 가리켜준 듯 당장에 그를 알아보았다. 누런 가사를 걸치고 탁발을 손에 들고 말없이 걸어가는 꾸밈 없는 남자, 붓다를 보았다.

"여기를 보게!"

싯다르타는 고빈다에게 나직이 말했다.

"여기 이 어른이 붓다이시다."

고빈다는 누런 가사를 걸친 그 승려를 주의 깊게 바라봤다. 그 승려에게는 다른 몇백의 승려들과 구별되는 점이라곤 아무것도 없었다. 그런데도 고빈다 역시 그가 붓다라는 것을 당장에 알아봤다. 그리하여 두 사람은 붓다의 뒤를 따라가며 유심히 관찰했다.

붓다는 겸허한 태도로 깊은 생각에 잠겨 길을 걸었다. 그의 조용한 얼굴은 기쁨도 슬픔도 띠지 않고 소리 없이 내면을 향해 웃음을 짓고 있는 듯이 보였다. 내밀(內密)의 웃음을 띠고 조용히 침착하게, 건강한 어린아이처럼 붓다는 걸어갔다. 자신을 추종하는 다른 모든 승려와 똑같이 옷자락을 걸치고 엄격한 계율을 좇아 발을 내디뎠다. 그의 얼굴, 걸음걸이, 조용히 내리깐 시선, 조용히 늘어뜨린 팔, 늘어진 팔의 손가락 하나하나까지도 평화를 말하고 완전함을 말했다. 무엇을 추구하는 것도 아니요, 흉내내는 것도 아니요, 온몸은 구원(久遠)의 안식 속에, 구원의 광명 속에, 범할 수 없는 평화 속에 고요히 숨쉬었다.

이렇게 고타마는 시주를 구하러 마을로 걸어가고 있었다. 그리고 두 사문이 붓다를 알아볼 수 있었던 유일한 표적은 완전하게 평온한 모습, 평화로운 자태였다. 거기에서는 아무런 구(求)함도, 욕망도, 모방도, 애쓰는 모습도 찾아볼 수 없었고 다만 광명과 평화로움만이 감돌 뿐이었다.

"오늘 우리는 그의 설법을 들을 걸세."

고빈다가 말했다.

싯다르타는 대답이 없었다. 그는 설법에는 별로 흥미가 없었다. 붓다의 설법에서 새로운 무엇을 배우리라고는 믿지 않았다. 고빈다와 마찬가지로, 두 다리 세 다리 건너 간접적이기는 했지만 붓다의 설법 내용을 이미 여러 번 거듭해서 들었다. 하지만 싯다르타는 고타마의 머리를, 두 어깨를, 두 발을, 조용히 늘어진 손을 보았다. 싯다르타의 눈에는 그 손가락 마디마디까지 교훈으로 비쳤다.

고타마는 몸으로 말했고, 숨쉬었고, 향기를 뿜었고, 진리를 발했다. 이 인물, 이 붓다는 머리끝에서 발끝까지의 작은 몸짓 그대로가 참(眞)이었다. 싯다르타는, 지금 이 사람에게 느끼는 존경과 사랑을 일찍이 그 누구에게서도 느껴본 적이 없었다.

두 청년은 붓다를 따라 마을까지 갔다가 묵묵히 돌아왔다. 그날 하루 금식을 하려고 작정했기 때문이었다. 두 사람은 고타마가 돌아오는 모습을 보았다. 그가 젊은 제자들에 둘러싸여 식사하는 모습을 보았다. 그가 먹은 식사의 양은 새(鳥)라도 배부르지 못했으리라. 그리고 그가 망고나무 그늘로 돌아가는 것을 보았다.

하지만 저녁때, 낮의 열기가 잦아들고 만물이 보금자리에서 생기를 되찾아 모여들었을 때, 두 사람은 붓다의 가르침을 들었다. 두 사람은 붓다의 음성을 들었다. 그 음성까지도 완전했다. 평온과 평화로움이 넘치는 음성이었다. 고타마는 번뇌에 대해, 번뇌의 유래에 대해, 번뇌를 해탈하는 길에 대해 가르쳤다. 그의 침착한 어조는 조용하고 낭랑하게 흘렀다. 인생은 고해였다. 세계는 번뇌로 충만했다. 하지만 번뇌에서 해탈하는 법을 찾게 되었다. 모름지기 붓다의 길을 걸어가는 자는 해탈을 하리라는 것이었다.

부드러우면서도 힘찬 어조로 붓다는 말했다. 그는 사성제(四聖諸)*와 팔정도(八正道)**를 가르쳤다. 참을성 있게 비유와 반복의 평범한 방식으로 가르쳤다. 그의 음성은 한 줄기 광채처럼, 별빛처럼, 맑고 조용하게 청중 위를 흘렀다.

붓다가 설법을 마쳤을 때 벌써 밤이었다. 많은 순례자가 앞으로 나아가 붓다의 교단에 들어가겠다고 청하고 교의에 귀의했다. 고타마는 그들을 받아들이며 이렇게 말했다.

"그대들은 가르침을 잘 들었다. 그것을 바로 알아들었다. 자, 이리로 와서 거룩한 길을 걸으라. 그대들은 모든 번뇌에서 벗어날 것이다."

보라. 그때, 소심한 고빈다도 앞으로 나아가 말했다.

"나도 세존에게, 당신의 교의에 귀의합니다."

그는 승단에 입적할 것을 간구하여 허락을 얻었다. 붓다가 쉬려고 돌아가자, 고빈다는 즉시 싯다르타를 향해 열심히 말했다.

"싯다르타, 내가 자넬 책망하는 건 내게는 합당치 못한 일인 거 같

---

* 불교의 실천적 원리를 말하는 대강령으로 고제(苦諸), 집제(集諸), 멸제(滅諸), 도제(道諸)를 카리킨다. 고(苦)는 죽음, 집(集)은 애욕, 멸(滅)은 애욕의 불이 꺼짐, 도(道)는 팔정도를 말한다.

** 불교에서 실천 수행을 요구하는 여덟 가지 길이다. 올바른 견해〔正見〕, 올바른 생각〔正思惟〕, 올바른 말〔正語〕, 올바른 행실〔正業〕, 올바른 생활〔正命〕, 올바른 노력〔正精進〕, 올바른 기억〔正念〕, 올바른 마음의 통일〔正定〕을 말하며, 이 여덟 가지 길을 통해 고통을 없애는 깨달음의 경지에 이르러야 한다는 것이다.

네. 우린 같이 세존의 음성을, 그의 설법을 들었네. 그리고 고빈다는 그 가르침을 듣고 그 교의에 귀의했네. 그런데, 사랑하는 친구여, 대체 자네는 해탈의 길을 걷지 않으려는가? 자네는 주저하는 건가? 아직도 더 기다리려는 건가?"

고빈다의 말을 듣자, 싯다르타는 잠에서 깨어나듯 눈을 떴다. 그는 오랫동안 고빈다의 얼굴을 바라봤다. 그러고는 조소의 기색이 전혀 없는 음성으로 나직이 말했다.

"나의 친구, 고빈다. 이제 자넨 자네의 길을 내디뎠구나. 자네의 길을 선택했어. 오오, 고빈다, 자네는 항상 내 친구였네. 항상 나와 함께했지. 때때로 나는 이렇게 생각했네. 고빈다도 역시, 나 없이 자신의 영혼으로, 혼자서 자신의 발걸음을 내디딜 때가 있지 않을까? 보게. 이제 자넨 한 남자가 되어 자네 스스로 자네 길을 택했네. 오, 나의 친구여! 그 길을 끝까지 걸어가기를. 그리하여 해탈의 경지에 이르기를!"

여전히 친구의 뜻을 완전히 이해하지 못한 고빈다는 초조한 어조로 되풀이하여 물었다.

"자, 말해주게. 사랑하는 친구여! 어서 말해보게. 세존 붓다에게 귀의하지 않고 자네에게 달리 어떤 방도가 있는지! 나의 박학한 친구여!"

싯다르타는 고빈다의 어깨에 손을 얹었다.

"자넨 내 축원을 흘려들었군. 오오, 고빈다, 되풀이해 다시 말하겠네. 자넨 그 길을 끝까지 걸어가기를! 그리하여 해탈의 경지에 이르기를!"

그 순간 고빈다는 깨달았다. 친구가 자기를 떠나버렸다는 것을. 고빈다가 울기 시작했다.

"싯다르타!"

고빈다가 비탄에 싸여 부르짖었다.

싯다르타가 다정하게 그에게 말했다.

"잊지 말게, 고빈다. 자넨 붓다의 사문에 속한 몸이라는 것을! 자넨 고향과 부모를 버리고, 혈통과 재산을 버리고, 개인의 욕망을 버리고, 우정을 버렸어. 그게 가르침의 뜻이요, 세존의 뜻일세. 그리고 자네 자신도 그걸 원했지. 오오, 고빈다, 내일 아침 나는 자네를 떠날 거네."

그러고도 두 친구는 한동안 숲속을 거닐다가 잠자리에 누웠다. 하지만 오래도록 잠들 수가 없었다. 그리고 끊임없이 거듭해서 고빈다는 친구에게 말해달라고 졸랐다. 왜 고타마의 교의에 귀의할 수 없는지, 그 교의에서 무슨 결함을 찾았는지를. 하지만 싯다르타는 번번이 거절하며 말했다.

"안심하게, 고빈다. 지존의 설법은 참으로 훌륭하네. 내가 거기에서 무슨 잘못을 찾을 수 있겠나?"

이튿날 새벽, 가장 늙은 승려인 붓다의 한 제자가 정원을 두루 돌아다니면서 새로이 붓다의 교단에 귀의한 자들을 모두 불러, 그들에게 황색 도포를 주고, 그들의 신분으로 지켜야 할 기초적인 계율과 교리를 가르쳐주었다.

그때 고빈다는 그의 청춘 시절의 친구와 다시 한번 포옹을 한 다음 뛰쳐나가 새로 들어온 수도승 행렬에 합류했다.

하지만 싯다르타는 생각에 잠겨 숲속을 거닐었다.

그때 세존 고타마를 만났다. 싯다르타는 경의를 표하며 붓다에게 인사했다. 그윽고 선의와 평온으로 가득 찬 붓다의 시선을 대하자, 청년은 용기를 가다듬어, 말씀드릴 것이 있으니 용서해달라고 청했다. 지존은 묵묵히 고개를 끄덕이며 허락의 뜻을 표했다.

싯다르타는 말했다.

"오오, 지존이시여. 어제 저는 당신의 놀라운 설법을 들을 기회를 가졌습니다. 저는 당신의 설법을 듣기 위해 친구와 함께 먼 곳에서 왔습니다. 이제 제 친구는 당신에게 귀의하여 당신 곁에 머무를 겁니다. 그러나 저는 다시금 순례의 길을 떠날 겁니다."

"그대의 뜻대로 하시지요."

세존은 공손하게 말했다.

"제 말이 너무 외람될는지 모르겠습니다."

싯다르타는 계속해서 말했다.

"그렇지만 지존께 제 생각을 솔직하게 말씀드리지 않고는 지존을 떠날 수 없습니다. 지존이시여, 잠시 동안만 제 말을 들어주시겠습니까?"

붓다는 묵묵히 고개를 끄덕이며 허락의 뜻을 표했다. 싯다르타는 말했다.

"세존이시여, 당신의 설법에서 무엇보다 감탄한 것은 이 한 가지 사실입니다. 당신의 교의 안에서는 만물이 완벽하게 이론(異論)의 여지없이 증명되었습니다. 즉, 당신은 세계를 하나의 완전한 사슬로, 어디에도 끊어진 데 없는 사슬로, 인과의 법칙으로 짜여진 영원한 사슬로 제시하셨습니다. 지금껏 누구도 그것을 그토록 명백히 보여준 적이 없고, 그토록 이론의 여지없이 설명해준 적이 없었습니다. 당신의 교의를 통해 이 세계가 수정같이 투명하고, 우연의 지배도, 신들의 지배도 받지 않는, 빈틈 없고 완벽한 총체로 보여졌을 때, 실로 모든 브라만의 심장은 한층 격앙될 수밖에 없었을 겁니다. 세계가 선하냐 악하냐, 인생이 괴로우냐 즐거우냐는 미루어두었다가 생각할 수도 있는 문제입니다. 아마도 본질적인 문제는 아닐 겁니다. 그런데 이제 세계의 단일성, 만물의 생성의 관계, 즉 크고 작은 만물은 동일한 흐름에서 동일한 인과 법칙, 생성과 소멸의 법칙에서 유래하여 엉켜 있다는 것, 그것은 당신의 위대한 설법에서 밝게 드러났습니다. 오오, 완성자시여. 그렇지만 당신의 설법에서는 만물의 이러한 단일성과 일관성이 어느 한 곳에서 끊어지고 맙니다. 작은 틈새를 통해 이 단일한 세계로 생소한 무엇, 새로운 무엇, 일찍이 없었고, 제시될 수도, 증명될 수도 없는 무엇이 새어 들어옵니다. 그것은 세계의 초극(超克), 해탈에 관한 당신의 설법입니다. 이 작은 틈새 때문에, 이 작은 구멍 때문에, 영원하고 단일한 세계의 법칙 전체가 다시금 부서지고 파기되고 말았습니다. 감히 이런 이론을 말씀드렸으니 용서해주시기 바랍니다."

고타마는 꼼짝 않고 조용히 싯다르타의 말에 귀를 기울였다. 그러더니 이 완성자는 다정한 음성으로, 특유의 공손하고 낭랑한 음성으로 말했다.

"오오, 브라만의 아들이여, 그대가 나의 설교를 듣고 그토록 깊이 생각하다니 훌륭한 일이오. 그대는 나의 설교에서 하나의 틈새를, 결함을 발견해내었소. 계속해서 그 점에 대해 깊이 생각하기를 바라오. 지식을 갈구하는 자여, 하지만 하고많은 의견들의 총림(叢林)을, 그리고 말을 위한 논쟁을 경계하시오. 의견 자체에는 아무런 비중도 없소. 그것은 아름다울 수도 추할 수도 있고, 지혜로울 수도 어리석을 수도 있소. 누구라도 그 의견에 집착할 수도 비난할 수도 있소. 사실 그대가 내게서 들은 그 설법은 내 의견이 아니오. 그리고 그 목적은 지식을 갈구하는 자들을 위해 세계를 구명(究明)하고자 하는 것이 아니오. 그 목적은 다른 데에 있소. 즉 번뇌에서 해탈하는 것이오. 고타마가 가르치는 바는 바로 이것이오. 다른 아무것도 아니오."

"오오, 세존이시여, 노여워하지 마십시오."

청년은 말했다.

"세존과 언쟁을 하려고, 말을 위한 말싸움을 벌이려고 그 말씀을 드린 것은 아닙니다. 의견 자체에는 별로 비중이 없다는 세존의 말씀, 지당합니다. 그렇지만 제가 한마디만 더 말씀드리게 해주십시오. 제가 당신을 의심한 적은 한순간도 없다는 것을. 당신께서는 붓다라는 것을, 당신께서는 목표에 도달하시었다는 것을, 그 숱한 브라만과 브라만의 아들들이 도달하고자 하는 최고의 목표에 도달하시었다는 것을, 저는 한순간도 의심한 적이 없습니다. 당신께서는 죽음에서 해탈하는 방법을 터득하셨습니다. 그것은 당신의 독자적인 구도(求道)로 이루어졌습니다. 명상을 통해, 참선을 통해, 인식을 통해, 각성을 통해, 당신 자신의 독자적인 길을 걷는 가운데 이루어졌습니다. 설법으로 이루어진 게 아닙니다! 그러나, 오, 세존이시여, 이것이 제 생각입니다. 어느 누구도 설법으로는 해탈에 이를 수 없습니다! 오, 세존이시여, 세존께서는 당신 자신의 깨달음의 순간에 일어난 일을 언어와 가르침으로는 어느 누구에게도 일러주고 전달할 수는 없을 겁니다! 각성자 붓다의 가르침은 많은 것을 내포하고 있어 악을 피하고 바르게 사는 길을 가르쳐줍니다. 그렇지만 그토록 명징하고 그토록 경외할 만한 가르침 속에 한 가지가 들어 있지 않습니다. 세존 자신이 체험하신 비밀, 몇십만의 구도자 중에서 오로지 세존께서만 체험하신 비밀이 들어 있지 않습니다. 제가 세존의 가르침을 들었을 때, 생각하고 인식한 것이 바로 그 점입니다. 제가 편력의 길을 계속하려는 이유도 바로 거기에 있습니다. 다른 설법이나 보다 훌륭한 가르침을 찾기 위해 떠나는 게 아닙니다. 더 훌륭한 가르침은 없다는 것을 알기 때문입니다. 저는 오히려 모든 가르침과 모든 스승을 떠나기 위해서, 그리하여 오로지 나 혼자서 목표에 도달하기 위해서, 그렇지 못하면 죽으려고 떠나는 겁니다. 그렇지만 훗날 저는 자주 이날을 생각할 겁니다. 오오, 세존이시여, 제 눈으로 한 분의 성자를 본 이 순간을 생각할 겁니다."

붓다의 눈은 조용히 땅바닥을 응시했고, 헤아릴 수 없는 얼굴은 완벽한 평정에 잠겨서 조용히 빛났다.

"그대의 생각에 오류가 없기를 바라오!"

세존은 천천히 입을 열었다.

"그대가 목적에 도달하기를 축원하오! 그렇지만 그대는 나의 사문의 무리를, 나의 교의에 귀의한 수많은 나의 형제들을 보시었소? 낯선 사문이여, 그대는 이 모든 이도 가르침을 떠나 쾌락의 생활로, 속세로 되돌아가는 게 더 좋으리라고 믿는가?"

"천만의 말씀입니다."

싯다르타는 외쳤다.

"그들 모두가 가르침을 받아들여 바라는 바 목표에 도달하기를 바랍니다! 다른 사람의 생애를 판단하는 것은 저에게는 어울리지 않는 일입니다. 오로지 저 자신에 대해서만, 저 하나에 대해서만 판단을 내릴 수밖에 없으며, 선택하고 거부해야 합니다. 오오, 세존이시여, 우리 사문들은 자아에서의 해탈을 구도하고 있습니다. 세존이시여, 제가 만약 당신의 제자가 된다면, 제 자아가 오로지 겉으로만, 허위로만 안식에 도달하고 구원받을까 두렵습니다. 그리하여 실제로는 그 자아가 그대로 살아남아 커갈까 두렵습니다. 그렇게 되면 저는 가르침을, 세존에 대한 모방을, 세존을 향한 사랑을, 세존의 교단을 제 자아로 만들 테니까 말입니다!"

고타마는 웃을 듯 말 듯 웃음을 띠고, 동요 없이 밝고 친절한 태도로 나그네의 눈을 들여다보더니, 거의 알아차릴 수 없을 정도의 미동(微動)으로 작별의 뜻을 표했다.

"오오, 사문이여, 그대는 지혜롭소."

세존이 말했다.

"그대는 지혜롭게 말할 줄을 알고 있소. 나의 친구여, 너무 지나친 지혜로움을 경계하기 바라오!"

붓다는 떠나갔다. 그때의 눈빛과 웃음은 영원히 싯다르타의 기억에 새겨졌다.

'지금껏 나는 그런 시선, 그런 웃음, 그런 앉음새와 걸음걸이를 가진 사람을 본 적이 없다.'

싯다르타는 생각했다.

'참으로 나 역시 그토록 자유롭게, 그토록 고귀하게, 그토록 내면을 향하고, 그토록 거침 없이, 그토록 어린애 같고, 신비롭게 바라보고, 웃음 짓고, 앉고, 걸을 수 있기를 바란다. 참으로 자기 자신의 궁극의 심부(深部)에까지 파고 들어간 인간만이 그런 시선, 그런 걸음걸이를 지닐 수 있다. 그렇다, 나도 나 자신의 궁극의 심부에까지 찾아 들어가도록 하리라.'

싯다르타는 계속 생각했다.

'나는 한 인간을 보았다. 그의 앞에서는 스스로 두 눈을 내리뜨지 않을 수 없는 유일한 인간을 보았다. 다른 어느 누구의 앞에서도 나는 내 눈을 내리뜨지 않으리라. 다른 어떤 사람도, 다른 어떤 가르침도 나를 유혹하지 못하리라. 이 유일한 인간 붓다의 가르침도 나를 유혹하지 못했으니.'

싯다르타는 또 생각했다.

'붓다는 내게서 앗아갔다. 붓다는 내게서 앗아갔다. 그리고 더 많은 것을 주었다. 그는 내게서 친구를, 나를 믿었으나 지금은 그를 믿는, 나의 그림자였으나 지금은 고타마의 그림자인 나의 친구를 앗아갔다. 그러나 그는 내게 싯다르타를, 나 자신을 주었다.'

각성

싯다르타는 이 성림(聖林)을, 완성자 붓다가 남아 있고 고빈다가 남아 있는 기원을 떠나면서 지금까지 살아온 자기의 반생 역시 그곳에 남겨둔 채 작별을 고한 듯한 느낌이 들었다. 그는 이러한 감정에 사로잡힌 채 천천히 발걸음을 내디디며, 깊은 생각에 잠겼다. 마치 깊은 물속에 잠기듯이 이러한 감정의 바닥에까지, 원인(原因)이 쉬고 있는 밑바닥까지 빠져들어갔다. 원인을 인식하는 것, 그것이 곧 사고(思考)라는 생각이 들었기 때문이다. 그리고 사고를 통해서만 감정은 인식으로 바뀌며, 소멸되지 않을 뿐 아니라 본질적인 것이 되어 감정 속에 내재한 것을 발산하게 된다는 생각이 들었기 때문이다.

천천히 발걸음을 옮기며 싯다르타는 깊이 생각에 잠겼다. 그는 자신이 이미 청년이 아니라 한 남자가 되었다고 확신했다. 마치 뱀이 낡은 허물을 벗고 떠나듯이, 어떤 한 가지 사실이 자기를 떠나갔다고 확신했다. 젊은 날 동안 내내 그와 함께했고 그에게 속해 있었던 한 가지 사실, 즉 스승을 원하고 가르침을 듣고자 하던 욕망이 이제는 이미 자기 안에서 사라졌다는 확신을 갖게 되었다. 지나온 날 그의 앞에 나타났던 최후의 스승, 가장 높고 가장 지혜로운 스승, 성자 붓다까지도 그는 떠났다. 그를 떠날 수밖에 없었다. 그의 가르침에 귀의할 수가 없었다.

이렇게 생각에 잠긴 싯다르타는 더욱 천천히 발걸음을 떼어놓으며 자신에게 물었다.

'대체 가르침에서, 스승에게서, 배우고자 한 게 무엇이냐? 그토록 많은 것을 가르쳐준 그들이 지금까지 가르쳐줄 수 없었던 건 대체 무엇이냐?'

그리고 그는 찾아냈다.

'그것은 자아였다. 그 의미와 본질을 나는 알고자 했다. 내가 빠져나오려고 했던 것, 극복하고자 한 것, 그것은 자아였다. 그렇지만 나는 그것을 극복할 수 없었고 다만 기만할 수 있었을 뿐이다. 다만 도망쳐서 그 앞에 숨을 수 있었을 뿐이다. 실로 세상에서 이 자아만큼 내가 생각에 몰두하게 만든 물건은 아무것도 없었다. 내가 살고 있다는 이 수수께끼, 나는 모든 다른 사람과 유리되어 구별된 한 개체라는 수수께끼, 나는 싯다르타라는 수수께끼처럼 나의 생각을 사로잡은 물건은 없었다! 그리고 세상에서 나 싯다르타에 대해서만큼

내가 거의 알지 못한 물건도 없다!'

천천히 발걸음을 떼어놓으며 생각에 잠긴 싯다르타는 이런 생각에 사로잡혀 발걸음을 멈추었다. 그러자 곧 이 생각에 꼬리를 물고 다른 생각이 떠올랐다. 이런 새로운 생각이었다.

'내가 나에 관해 아무것도 알지 못하는 것은, 싯다르타가 여전히 내게 낯설고 알 수 없는 존재인 것은, 하나의 원인, 단 하나의 원인에서 유래한다. 즉 내가 나 자신을 불안해하고, 내게서 도피한 까닭이다! 나는 아트만을 추구했다. 브라만을 추구했다. 나는 알지 못하는 자아의 내면 깊은 곳에서 모든 층의 핵을 찾아내려고, 아트만을, 생명을, 신성(神性)을, 궁극의 것을 찾아내려고, 나의 자아를 토막내어 그 껍질을 벗겨버리려고 했다. 그렇지만 그래서 나는 나 자신을 잃어버렸다.'

싯다르타는 두 눈을 떠서 주위를 살펴봤다. 그의 얼굴은 웃음으로 충만했다. 오랜 꿈속에서 깨어났다는 깊은 감회가 그의 발끝까지 흘렀다. 그러자 그는 다시금 달리기 시작했다. 무슨 할 일이 있는 사람처럼 서둘러 달렸다.

"오오."

싯다르타는 깊은 한숨 소리를 내며 생각했다.

'이제 나는 싯다르타를 다시는 놓치지 않을 것이다. 이제 나는 나의 사고(思考)와 나의 생활을 아트만과 더불어, 세계의 고뇌와 더불어 하지는 않을 것이다. 다시는 폐허 뒤에서 비밀을 찾아내겠다고 나를 죽이거나 토막내지 않을 것이다.《요가베다》*도《아타르바베다》**도, 또한 어떠한 고행자도 어떠한 설법도 앞으로는 나를 가르치지 못하리라. 나는 나 자신에게서 배울 것이다. 나 스스로 생도가 되어 나를, 비밀 싯다르타를 알도록 하리라.'

그는 난생처음 세상을 바라보듯이 자기의 주위를 살펴봤다. 세상은 아름다웠다. 세상은 다채로웠다. 세상은 신기하고 불가사의했다! 여기에는 파랑, 저기에는 노랑, 여기에는 초록, 하늘과 강은 흐르고, 숲과 산지는 의연히 솟아 있었다. 만물은 아름답고 불가사의하고 신비스러웠다. 그리고 그 가운데서 각성자 싯다르타는 자기 자신을 찾으러 가는 중이었다. 이 모든 것이, 모든 노랑과 푸른빛, 강물과 숲이 처음으로 눈을 통해 싯다르타에게 파고들어왔다. 그것은 이미 마라(魔羅)***의 마술이 아니었고, 마야(迷妄)****의 베일도 아니었다. 복합적인 것을 배척하고 단일한 것을 추구하며 명상하는 브라만들이 생각하듯 경멸스러운 세계, 무상과 우연으로 이루어진 복합적인 현상계는 이미 아니었다. 푸른 것은 푸른 것이었고 강물은 강물이었다. 그리고 비록 푸른 것 속에, 강물 속에, 싯다르타 속에, 유일한 신적(神的)인 무엇이 감추어져 살아 있다 해도, 여기 노

---

* *Yoga Veda.* 요가는 정신 집중이라는 뜻으로 정통 브라만교의 한 파인 요가파의 경전이다.

** *Atharva Veda.* 네 가지 베다 중 하나로 하층 계급의 풍속 신앙을 중심으로 엮은 제가(祭歌)의 모음집이다.

*** 말라(末羅)라고도 번역하는데, 수행을 방해하는 마귀를 말한다.

**** 환영(幻影)이라는 뜻이다.

란빛, 여기 푸른빛, 저 하늘, 저 숲, 여기 싯다르타가 존재하는 것 자체가 곧 신적인 것의 방식이요 의미였다. 의미와 본질은 사물의 뒤쪽 어딘가가 아니라, 사물 속에, 만물 속에 존재했다.

'나는 얼마나 멍청하고 어리석었는가!'

그는 빠른 걸음으로 걸어가며 생각했다.

'모름지기 누구든 문자를 읽어 그 의미를 알고자 할 때에는 기호와 문자를 경시하지 말며, 그것을 착각이요, 우연이며, 값 없는 껍질이라 이르지 말고, 그 문자 하나하나를 사랑하는 마음으로 음미하며 읽어야 한다. 그런데 세계의 책, 나 자신의 본질의 책을 읽고자 했던 나는 미리부터 그 의미를 예상하고서 기호와 문자를 경시했다. 나는 현상계를 미망이라 하고 나의 눈과 혀를 무가치한 우연적 현상이라고 생각했다. 하지만 그것은 벌써 지나간 일이다. 나는 지금 깨어났다. 진실로 나는 오늘에야 비로소 태어났다.'

이러한 생각을 하면서 싯다르타는, 마치 길가에서 뱀을 만난 듯이 문득 멈춰 섰다. 바로 다음과 같은 생각이 불현듯 명백해졌기 때문이다. 진실로 각성한 자, 거듭난 자가 된 그는 그의 생활을 처음부터 새로이 시작하지 않으면 안 되었다. 그날 아침 각성자가 되어 기원을, 붓다의 성림을 떠나올 때만 해도 몇 년 동안 고행의 도(道)를 닦은 후 고향의 아버지에게로 되돌아가는 것이 그의 의도였다. 또한 그것이 자신에게도 자연스럽고 자명한 일이라고 생각했다. 그러나 지금, 마치 길가에서 뱀을 만난 듯 우뚝 선 이 순간 비로소 그는 이런 통찰에 이르렀다.

'나는 이미 이전의 내가 아니다. 나는 이제 고행자도 아니요, 승려도 아니요, 브라만도 아니다. 그렇다면 대체 집에 가서, 아버지의 곁에서 무엇을 한단 말이냐? 수업을 할까? 제사를 지낼까? 참선을 할까? 이 모든 일은 이미 지나간 일이다. 이 모든 것은 이미 나의 길에서 중요하지 않다.'

싯다르타는 미동도 하지 않고 서 있었다. 그리고 한순간 그의 심장은 얼어붙었다. 자기가 완전히 혼자라는 것을 깨닫자, 작은 짐승처럼, 한 마리 새나 토끼처럼 가슴속이 얼어들어왔다. 여러 해 동안 그는 고향을 등지고 살았어도 혼자라고 느끼지 않았다. 그런데 지금 그렇게 느꼈다. 아무리 멀리 떨어져 있어도 여전히 아버지의 아들이었고, 브라만이요, 상류 계급이요, 지식 있는 자로 머물러 있었다. 그런데 지금 오로지 각성자 싯다르타일 뿐, 그 외에 아무것도 아니었다. 그는 깊이 숨을 들이쉬었다. 그리고 한순간 얼어붙듯 전율했다. 싯다르타와 같이 완전히 혼자인 사람은 어느 누구도 없었다. 귀족이나 직공에 속하지 않으면서도 그들의 틈에 끼어 어울려 생활하며 그들의 언어를 쓰는 사람들일지라도 그토록 외로울 수는 없으리라. 브라만족에 속해 있지 않으면서 브라만과 더불어 사는 사람일지라도, 사문의 신분에서 안식처를 찾지 못한 고행자일지라도 그토록 혼자일 수는 없을 것이다. 또한 세상을 등진 숲속의 은둔자일지라도 그토록 혼자이고 외롭지는 않을 것이다. 어디엔가 속한 사물이 그를 에워싸고, 그 자신도 자기에게는 고향인 어떤 신분에 속했다. 고빈다는 승려가 되었다. 그리고 몇천의 승려가 고빈다의 형제로서 같은 옷을 입고 같은 신앙을 가지고, 같은 언어로 말했다. 하지만 그는, 싯다르타는 어디에 속한 것인가? 누구와 더불어 살 것인가? 누구의 언어로 말할 것인가?

그를 에워싼 세계가 자기에게서 사라져 없어지고 오로지 혼자만이 마치 하늘에 뜬 외로운 별처럼 서 있던 그 순간, 냉혹과 절망의 그 순간 싯다르타는 이전보다 더욱 많은 자아를 가지고 굳게 뭉쳐서 위로 솟아올랐다. 그는 이것이야말로 각성의 최후의 전율이요, 탄생의 마지막 경련이라고 느꼈다. 그러고 나서 그는 곧 다시 발걸음을 떼었다. 서둘러서 초조하게 걸었다. 그렇다고 집으로 가는 것도, 아버지에게 가는 것도, 환향하는 것도 아니었다.

2부

빌헬름 군데르트
일본에 있는 나의 사촌 형에게 바침

카말라

싯다르타는 걸어가며 떼어놓는 발걸음마다 새로운 것을 배웠다. 세상은 변했고 그의 마음은 마법에 걸렸기 때문이다. 그는 태양이 숲 언덕에서 떠올라 아득히 먼 해변 종려나무 숲으로 떨어지는 것을 보았다. 그는 또 밤이 되어 하늘에 별들이 정연하게 반짝이며 초승달이 쪽배처럼 푸른 하늘에 떠 있는 것을 보았다. 그는 또 보았다. 나무, 별, 짐승, 구름, 무지개, 바위, 풀, 꽃, 시내와 강, 아침 이슬에 반짝이는 풀숲, 희부옇고 푸른, 아득히 높은 산, 지저귀는 새, 붕붕거리는 벌, 논 위로 부는 은빛 바람, 형형색색의 이 모든 현상은 이전에도 언제나 있었다. 해와 달은 언제나 비쳤고, 강물은 언제나 콸콸거렸으며 벌 떼는 언제나 붕붕거렸다. 그렇지만 그 모든 것이 지나간 날의 싯다르타에게는 눈앞에 드리운 한낱 허망하고 기만에 싸인 베일에 지나지 않았다. 그 모든 것이 믿을 수 없어 보이고, 사고(思考)로 채워져 무(無)로 변하도록 운명지어진 듯이 생각되었다.

왜냐하면 그 모든 것은 본체가 아니며, 본체는 가시적 현상의 뒤쪽에 놓여 있다고 믿었기 때문이다. 그러나 이제 해탈된 그의 눈은 이 세상에 머물러 모든 것을 보고 가시적인 현상을 인식했다. 그는 이 세상에서 고향을 찾았고, 다시는 본체를 추구하거나 저 세상을 겨누지 않았다. 무엇을 구함이 없이, 단순하게 어린아이처럼 세상을 바라보면 세상은 아름다웠다. 달과 별은 아름다웠다. 시내와 강 언덕도 아름다웠고, 숲과 바위도, 산양과 딱정벌레도, 꽃과 나비도 아름다웠다. 이렇게 어린아이처럼, 이렇게 각성되어, 이렇게 허심탄회하게, 이렇게 의심 없이 세상을 걸어간다는 것은 바람직하고 아름다운 일이었다. 머리 위의 태양도 다르게 불탔고, 숲속 그늘도 다르게 서늘했고, 시내와 연못, 호박과 바나나도 다른 향취가 났다. 낮도 짧고 밤도 짧아, 시간이 보물과 기쁨을 가득 싣고 바다 위를 달리는 배, 그 위에 날리는 돛대처럼 빨리 지나갔다. 싯다르타는 무성한 숲 언덕의 높은 가지 위에서 원숭이의 무리가 희롱하는 것을 보았고, 사납고 게걸스럽게 울부짖는 소리를 들었다. 싯다르타는 수양이 암양을 따라가 교미하는 것을 보았다. 또 갈대밭 속에서 허기진 큰 물고기에게 쫓기어 불안에 싸여 팔딱이는 작은 물고기 떼가 물속에서 번득이며 도망치는 것을 보았다. 난폭하게 쫓아가는 물고기가 일으키는 급한 소용돌이에서 힘과 정열의 향내가 물씬 풍겨왔다.

이 모든 것은 이전에도 존재했다. 그런데 그가 보지 못했을 뿐이다. 그가 거기에 참여하지를 않았다. 그런데 지금 그는 거기에 참여하여 거기에 속해 있었다. 그의 눈으로는 빛과 그림자가 흘러들었고, 그의 심장으로는 별과 달이 흘러들었다.

싯다르타는 걸어가는 도중에 기원에서 체험한 모든 일을 회상했다. 그곳에서 들은 설법을, 성자 붓다를, 고빈다와의 작별을, 그리고 세존과 나눈 대화를. 그는 세존에게 한 자기 자신의 말을 한마디 한마디 회상하며 음미했다. 그러고는, 그 당시 근본적으로는 자신도 알지 못하던 사실을 말했다는 생각에 내심 놀라지 않을 수 없었다. 그가 고타마에게 한 말, 그러니까 붓다의 보물과 비밀은 그 가르침에 있는 것이 아니라 붓다 자신이 각성의 순간에 체험한 것, 말로 표현할 수 없고 가르쳐 전달할 수 없는 것에 있다고 한 말을 그가 지금에야 비로소 체험하러 길을 떠나고 있다. 그리고 이제야 비로소 그것을 체험하기 시작했다. 바로 그것을. 이제 그는 자기 자신을 체험하지 않을 수 없었다. 물론 그는 이미 자아란 아트만이며 범(梵)과 같은 영원한 본질로 이루어졌다는 것을 알고 있었다. 그러나 그는 그 자아를 사고(思考)의 그물로 잡으려 한 까닭에 진실로는 자아를 찾아내지 못했다. 분명코 자아란 육체는 아니었다. 따라서 감각의 유희는 아니었다. 그러나 또한 자아란 사고도, 이성도, 결론을 끌어다 대고 이미 있는 생각에서 새로운 생각을 자아내는 습득된 지혜, 습득된 기술도 아니었다. 아니, 사고의 세계 역시 여전히 이 세상이었다. 따라서 우연적인 감각의 자아를 죽이고, 그 대신 우연적인 사고와 박학의 자아를 살찌게 한다 할지라도 궁극의 목표에 이를 수는 없을 터였다. 사고와 감각, 양자 모두 아름다운 사물이었다. 그리고 이 두 사물의 배후에 궁극의 뜻이 감추어져 있었다. 이 두 가지는 모두 들을 가치가 있었다. 둘 다 가지고 놀기에 가치가 있고, 둘 다 경시하거나 지나치게 존중할 것 없이, 그 둘 속에 내재한 내면 깊은 곳에서 나오는 은밀한 음성에 귀를 기울일 가치가 있었다. 그는 음성이 명하는 것이 아닌 어떠한 행위에도 뜻을 두려 하지 않았고, 이 음성이 명하는 곳이 아닌 어떠한 장소에도 머무르고자 하지 않았다. 왜 고타마는 일찍이, 시간 중의 시간인 그 순간, 각성에 이르게 된 그 보리수나무 밑에 앉았던가? 그는 어떤 음성을, 그 나무 밑에서 안식을 찾으라고 명하는 자기 내부의 음성을 들은 것이다. 그리하여 금욕도 하지 않고, 제사도 지내지 않고, 목욕이나 기도도 드리지 않고, 먹지도 마시지도 않고, 잠을 자거나 꿈을 꾸지도 않으며 그 음성에 복종한 것이다. 외부의 명령에 복종하는 것이 아니라 오로지 이 음성에 따르는 것, 그렇게 할 마음의 자세가 되어 있다는 것, 그것은 훌륭한 일이었고 필요한 일이었다. 그 외의 어느 것도 필요하지 않았다.

밤이 되어 싯다르타는 강가 한 뱃사공의 초가에서 잠이 들었고 꿈을 꾸었다. 고빈다가 고행자의 누런 빛깔 가사를 입고 앞에 서 있었다. 고빈다는 슬픈 모습이었다. 그는 슬픈 어조로 물었다. "왜 나를 버렸느냐?" 하고. 싯다르타는 두 팔을 휘감아 고빈다를 끌어안았다. 그가 고빈다를 가슴으로 바싹 끌어당기며 입을 맞추자, 그것은 이미 고빈다가 아니고 어떤 여자였다. 여자의 옷깃 사이로 풍만

한 젖가슴이 드러나 젖이 샘솟았다. 싯다르타는 그 가슴에 파묻혀 젖을 빨았다. 젖에서는 진하고 달콤한 맛이 났다. 여자와 남자, 태양과 숲, 동물과 꽃, 온갖 과일, 온갖 쾌락의 맛이 났다. 그 쾌락의 맛은 취하게 하고 의식을 잃게 했다. 싯다르타가 잠에서 깨어나 보니 오두막 문틈으로 부연 강물이 어슴푸레 반짝였고, 숲속에서는 음산한 부엉이의 울음소리가 깊고 우렁차게 울려왔다.

날이 새자, 싯다르타는 그를 재워준 뱃사공에게 강을 건네달라고 청했다. 뱃사공은 대나무 뗏목에 태워 강을 건네주었다. 넓은 강물이 아침 햇살을 받아 붉게 반짝였다.

"참 아름다운 강이오."

싯다르타가 뱃사공에게 말했다.

"그렇소이다."

뱃사공이 대답했다.

"참으로 아름다운 강이지요. 나는 무엇보다 이 강을 사랑합니다. 이따금 이 강물의 소리를 들으며 강물의 눈을 들여다보지요. 그러면서 항상 강에서 배웁니다. 우리는 강에서 배울 것이 많습니다."

"감사하오, 나의 은인이여. 나는 당신에게 선물도, 삯도 줄 수가 없소. 나는 고향을 떠난 방랑인으로, 브라만의 아들이며 사문이오."

싯다르타는 건너편 언덕에 내리며 말했다.

"알고 있소이다."

뱃사공은 말했다.

"나는 당신에게서 삯이나 선물을 바라지 않습니다. 언젠가 나에게 갚을 때가 있을 겁니다."

"그러리라 믿으시오?"

싯다르타는 기뻐하며 말했다.

"물론이지요. 그것 역시 나는 강에서 배웠소이다. 만물은 이리저리 떠돈다는 것을! 사문이여, 당신도 되돌아올 겁니다. 그럼 안녕히 가십시오! 나에게 우정을 가지는 것으로 삯을 대신하도록 하시지요. 신에게 제사를 지낼 때면 나를 생각해주시기 바랍니다."

웃음을 지으면서 두 사람은 작별했다. 웃음을 지으면서 싯다르타는 뱃사공의 친절과 우정을 기뻐했다.

'그는 고빈다와 같은 사람이다.'

싯다르타는 웃음을 머금으며 생각했다.

'내가 가는 길에서 만나는 사람은 모두 고빈다와 같다. 그들은 자신들이 감사받을 권리를 가지고 있으면서도, 감사하는 마음으로 차 있다. 모두들 겸허하고, 기꺼이 친구가 되고, 기꺼이 복종하며, 별로 생각을 하지 않는다. 그들은 어린아이와 같다.'

점심때가 되어 싯다르타는 한 마을을 지나게 되었다. 흙벽으로 된 오두막 앞 골목에서 어린아이들이 뒹굴고 있었다. 그들은 호박씨와 조개껍질을 가지고 놀며 고함을 지르고 맞붙어 싸우다가는 웬 낯선 사문이 나타나자 모두들 꺼리며 도망을 쳤다. 마을의 끝에 이르자 시냇물이 흘렀고, 시냇가에서는 한 젊은 아낙이 쪼그리고 앉아 빨래를 했다. 싯다르타가 인사를 하자 고개를 들어 웃음 지으며 싯다르타를 쳐다봤다. 그때 그는 그녀의 눈 속에서 흰자위가 번득이는 것을 보았다. 그는 나그네들 사이의 관습대로 축원의 말을 보내며 큰 마을까지 아직도 얼마나 길이 먼가를 물었다. 그러자 그녀가 일어서서 다가왔다. 그녀의 젊은 얼굴에서는 촉촉한 입술이 아름답게 빛났다. 그녀는 싯다르타에게 농담을 건넸다. 식사를 했느냐고, 사문들은 밤이면 혼자 숲에서 잠을 자며 여자를 가까이 하면 안 된다고 하는데 그게 사실이냐고 물었다. 그러면서 자기의 왼발을 싯다르타의 오른발에 올려놓고 교과서에서 소위 나무 오르기라고 칭하는 애무의 형태를, 남자한테 바랄 때 여자가 짓는 교태를 해 보였다. 싯다르타는 피가 끓어올랐다. 그리고 그 순간 지난밤 꿈이 떠올라 여자에게 약간 몸을 굽혀 가슴의 갈색 젖꼭지에 키스를 했다. 눈을 들어 바라보니 그녀는 욕정으로 가득 찬 얼굴로 웃음 지었고 갈망으로 가늘게 뜬 눈에는 애원의 빛이 서려 있었다.

싯다르타 역시 갈망을 느꼈고, 성(性)의 샘이 용솟음쳤다. 그러나 아직 한 번도 여자를 건드려본 적이 없는 그는 두 손으로 어느새 여자를 껴안으려 마음먹었으면서도 잠시 망설였다. 그런데 그 순간 그는 전율을 하면서 자기의 내면의 음성을 들었다. 그러면 안 된다고 말하는 내면의 음성을. 그러자 젊은 여인의 웃음 띤 얼굴에서 풍기던 온갖 매력이 사라지고 말았고 그의 눈에는 발정기 암컷의 빛나는 눈초리만 비쳤다. 그는 다정하게 여인의 뺨을 어루만져주고는 몸을 돌려, 실망한 여인을 뒤로 하고 대나무 숲속으로 표표히 사라져갔다.

그날 해지기 전, 싯다르타는 큰 마을에 당도했다. 오랫동안 숲속에서만 살아서 인간에 굶주려온 그는 기뻤다. 어젯밤에 잔 뱃사공의 초가집이야말로 오랜만에 그의 몸을 가려준 최초의 지붕이었다.

마을 어귀, 아름답게 울타리를 친 숲 근처에서 이 방랑자는 바구니를 이고 가는 노복과 노비의 작은 행렬과 마주쳤다. 네 사람이 메고 가는 화려한 가마 속에는 다채로운 천개 밑에 빨간 보료를 깔고 한 여자가, 여주인이 앉아 있었다. 싯다르타는 정원의 입구에 서서 그 행렬을 바라다봤다. 하인과 하녀들, 바구니와 가마를 바라봤다. 그리고 가마 속에 탄 귀부인을 보았다. 높게 빗어 올린 검은 머리털 밑으로 더없이 맑고 부드럽고, 더없이 지혜로운 얼굴이 보였다. 방금 나무에서 딴 신선한 무화과처럼 빨간 입술, 초승달처럼 둥글게 다듬어 그린 눈썹, 지혜롭고 주의 깊은 검은 두 눈, 초록과 금빛 저고리 위로 솟아오른 맑고 긴 목, 손목에 넓은 황금 팔찌를 두른 가늘고 긴 평온한 두 손을 보았다.

더없이 아름다운 여인의 모습을 보고 싯다르타의 심장은 웃었다. 가마가 다가오자, 그는 깊숙이 허리 굽혀 인사했다. 그리고 몸을 일으키며 맑고 사랑스러운 여자의 얼굴을 다시금 들여다봤다. 그 순간 그는 여인의 지혜롭고 둥근 눈동자 속을 읽었고 처음으로 맡아보는 한 줄기 향내를 맡았다.

한순간 그 아름다운 여인은 웃음을 머금고 목례를 하더니 정원 속으로 사라져갔다. 그리고 여인의 뒤를 따라 하인들도 사라졌다.

'나는 길조와 함께 이 마을에 발을 디뎠구나.'

싯다르타는 생각했다. 그는 당장에 정원으로 들어서고 싶은 마음이었지만 망설였다. 그때야 비로소 문 앞에서 하인과 하녀들이 자기를 얼마나 경멸하고 의심하고 배척했는지 생각이 났다.

'아직도 나는 일개 사문일 뿐이다.'

싯다르타는 생각했다.

'여전히 나는 고행자이며 걸인에 지나지 않는다. 그러니 여기 머무를 수도 없고 정원으로 들어설 수도 없다.'

그러고는 웃었다.

싯다르타는 길에서 만난 첫 번째 사람에게 정원과 그 귀부인의 이름을 물었다. 그리하여 정원은 유명한 기생 카말라의 별장이며, 그녀는 이 정원 말고도 시내에 집을 한 채 더 가지고 있다는 사실을 알아냈다.

그러고 나서 그는 시내로 들어섰다. 이제 하나의 목표가 생겼다. 이 목표를 따라가면서 그는 시내로 빨려들어가 골목의 인파 속에 휩쓸렸고, 광장에 묵묵히 서 있다가 강 언덕 돌층계에서 쉬었다. 해 질 녘이 되어서 그는 한 이발 조수와 친구가 되었다. 그는 이 조수가 어떤 아치형 건물의 그늘에서 일하는 것을 보았는데 비슈누*를 모시는 사원에서 그가 기원하는 모습을 다시 본 것이다. 그는 그 조수에게 비슈누와 락슈미**의 내력에 관해 이야기해주었다. 싯다르타는 그날 밤을 강가 보트에서 지내고 이튿날 일찍 손님이 오기

---

* Vishnu. 인도 신화 속의 천신(天神), 태양신으로 현재 세력 있는 교파다.

** Lakshmi. 인도 여신의 하나로 부(富)의 여신이다.

전에 이발 조수에게 가서 수염을 깎고 머리를 자른 다음 빗질을 하고 고급 향수를 발랐다. 그러고 나서 강으로 목욕을 하러 갔다.

늦은 오후, 아름다운 카말라가 가마를 타고 그녀의 별장에 이르렀을 때 싯다르타는 별장 입구에 서서 허리 굽혀 절을 하고는 카말라의 응답을 받았다. 그는 일행 중 맨 뒤의 하인을 눈짓으로 불러 젊은 브라만이 여주인을 뵙기를 청한다고 전해달라는 부탁을 했다. 잠시 후 그 하인은 돌아와서 기다리고 있던 싯다르타에게 자기를 따라오라 이르더니 묵묵히 한 정자로 안내했다. 카말라가 그곳 침상에 누워 있었다. 카말라는 하인을 보내고 싯다르타만을 자기 곁에 남게 했다.

"당신은 어제도 밖에 서서 제게 인사를 하지 않았던가요?"

카말라가 물었다.

"그렇소. 나는 어제도 당신을 보고 인사를 했소."

"그렇지만 어제의 당신은 수염이 길고 긴 머리에다가 머리털은 먼지투성이였는데요?"

"잘 보셨소. 당신은 모든 것을 보았소. 당신은 사문이 되려고 고향을 떠나 3년 동안이나 사문 노릇을 한 브라만의 아들 싯다르타를 본 것이오. 하지만 이제 나는 그 길을 버리고 이 도시로 왔소. 그리고 미처 이 도시에 들어서기도 전에 만난 첫 번째 인물이 당신이었소. 이 말을 하기 위해 당신에게 온 것이오. 오, 카말라! 당신은 이 싯다르타가 눈을 내리뜨고 말을 건넨 최초의 여인이오. 아무리 아름다운 여인을 만난다 해도, 내 다시는 눈을 내리뜨지 않을 것이오."

카말라는 웃음을 지으며 공작 깃털로 된 부채로 부채질을 했다. 그리고 물었다.

"그럼 단지 그 말씀을 하시려고 싯다르타 님께서는 제게 오셨나요?"

"그 말을 하기 위해 왔소. 아울러 당신이 이리도 아름다운 여인이라는 사실을 감사하려고 왔소. 불쾌하지만 않다면 카말라, 나의 친구요 스승이 되어주기를 청하고 싶소. 나는 당신이 대가(大家)로 군림하고 있는 그 기술에는 완전히 문외한이라오."

그러자 카말라가 소리내어 웃었다.

"이런 일은 지금껏 한 번도 없었습니다. 사문이 숲속에서 찾아와 저에게 배우려고 하다니오! 이런 일은 지금껏 한 번도 없었습니다. 장발의 사문이 남루한 옷을 걸치고 저를 찾아오는 일은! 많은 청년이 제게 옵니다. 그중에는 브라만의 아들도 있습니다. 그렇지만 그들은 훌륭한 옷을 입고 고급 신발을 신고 옵니다. 머리에는 향수를 뿌리고 지갑에 돈을 채워가지고 오지요. 사문이시여, 제게 오는 젊은이들은 이렇답니다."

싯다르타는 말했다.

"나는 벌써 당신한테서 배우기 시작했소. 어제부터 이미 배우기 시작했소. 이미 수염을 깎아버렸고 머리를 빗어 기름을 발랐소. 아직 내게 부족한 것이 있다면 좋은 의복과 좋은 신, 주머니에 든 돈이오. 뛰어난 스승이신 당신이여, 알아두시오. 싯다르타는 이러한 사소한 일보다 훨씬 힘든 일을 시도했고, 성공했소. 그렇거늘 내가 어제 계획한 일이 어찌 이루어지지 않겠소! 당신의 친구가 되어 당신에게 사랑의 기쁨을 배우고자 하는 이 계획 말이오! 당신은 내가 습득이 빠른 사람이라는 걸 알게 될 거요, 카말라. 당신이 내게 가르쳐 주려는 것보다 훨씬 힘든 일을 나는 배워왔소. 자, 그런데 머리에 기름은 발랐지만 옷이 없고 신이 없고 돈이 없는, 있는 그대로 지금의 싯다르타가 당신에게는 흡족하지 않단 말이오?"

카말라는 웃으면서 소리쳤다.

"네, 부족합니다. 옷을 입어야 합니다, 그것도 좋은 옷을. 신을 신어야 합니다, 좋은 신을. 그리고 이 카말라를 위한 많은 돈과 선물이 있어야 합니다. 이제 아셨습니까? 숲에서 온 사문이시여, 이제 깨달으셨나요?"

"잘 알아듣겠소."

싯다르타는 말했다.

"그토록 아름다운 입에서 흘러나오는 말을 어찌 못 알아듣겠소! 그대의 입은 무르익은 신선한 무화과 열매 같소, 카말라. 당신도 알게 되겠지만 나의 입도 붉고 신선하여 당신의 입에 맞을 거요. 하지만 아름다운 카말라, 말해보시오. 당신은 사랑을 배우려고 숲에서 온 이 사문에게 아무런 공포도 느끼지 않소?"

"자칼이 사는 숲에서 와서 여자가 무엇인지 전혀 알지 못하는 어리석은 사문에게 대체 왜 무슨 공포를 느껴야 하나요?"

"오! 그는, 그 사문은 건장하오. 그리고 그는 아무것도 무서워하지 않소. 그는 당신을 힘으로 괴롭힐지 모르오, 아름다운 아가씨. 당신을 욕되게 할지도 모르오. 그는 당신을 슬프게 할지도 모르오."

"아닙니다, 사문이시여. 나는 두렵지 않습니다. 사문이나 브라만 가운데 누구든, 다른 이가 자신을 덮쳐 학식과 신앙과 통찰력을 탈취해갈까 두려워하는 자가 있겠습니까? 없을 겁니다. 그런 것들은 오로지 자기에게만 속해 있습니다. 자기가 주고 싶은 것만을 주고 싶은 사람에게 줄 수 있습니다. 카말라도, 사랑의 환희도 이와 꼭 마찬가지입니다. 카말라의 입은 붉고 아름답습니다. 그렇지만 카말라의 의사에 반하여 입을 맞춰보십시오. 그토록 많은 감미로움을 줄 수 있는 그 입에서 당신은 한 방울의 단맛도 얻지 못할 겁니다! 싯다르타, 당신은 쉽게 배우는 분입니다. 그러니 이것 또한 알아두십시오. 우리는 사랑을 애걸하여 얻을 수도 있고 살 수도 있으며, 선사받을 수도 있고 골목에서 찾을 수도 있습니다. 그렇지만 사랑을 억지로 탈취할 수는 없습니다. 당신은 그릇된 방법을 생각하신 겁니다. 아니, 당신같이 멋진 청년이 그렇게 함부로 덤벼든다면 참으로 유감스러운 일일 겁니다."

싯다르타는 웃음 지으며 고개를 숙였다.

"유감스러운 일일 거요, 카말라. 당신의 말이 정말 옳소. 말할 수 없이 유감스러운 일일 거요. 나는 당신의 입에서 내게로 한 방울의 단맛도 헛새어나가게 하지 않을 거요! 마찬가지로 나의 입에서 당신에게로도! 그럼 이렇게 하겠소. 싯다르타는 지금 가지고 있지 못한 옷과 신, 돈을 가지게 되면 다시 오겠소. 하지만 사랑하는 카말라, 당신이 나한테 조금만 조언을 해줄 수 있겠소?"

"조언이라고요? 왜 없겠습니까? 자칼의 무리를 떠나 숲에서 온 가난하고 무지한 사문에게 누구인들 조언을 마다하겠습니까?"

"사랑하는 카말라, 그럼 말해주시오. 가장 빨리 이 세 가지 물건을 얻으려면 어디로 가야 되겠소?"

"친구여, 많은 사람이 그것을 알고 싶어 합니다. 당신은 지금까지 당신이 배워온 일을 해야 합니다. 그리고 그 일의 보상으로 돈과 옷과 신을 얻을 수 있습니다. 가난한 사람이 돈을 갖는 방법은 이것밖에 없습니다. 그럼 대체 당신은 무엇을 할 줄 아시나요?"

"나는 사고(思考)할 수 있소. 나는 기다릴 수 있소. 나는 금식할 수 있소."

"그 밖에는 또 무엇을?"

"없소. 하지만 나는 또 시를 지을 수 있소. 나의 시 한 수에 한 번의 입맞춤을 허락해주겠소?"

"당신의 시가 제 마음에 든다면 그렇게 하지요. 대체 어떤 시인데요?"

싯다르타는 잠시 생각에 잠기더니 이런 시를 읊었다.

녹음 우거진 정원으로 들어서는 아름다운 카말라,
정원 입구에 서 있는, 그을린 피부의 사문.
한 송이 수련을 보듯 깊숙이 몸 굽혀 절하니,
카말라 웃음을 머금고 답했어라.
청년은 생각했네. 그 일은 신을 섬기느니보다 한결 아름다우리라.

아름다운 카말라를 섬기는 그 일은.

카말라는 커다랗게 손뼉을 쳤다. 그때 손목의 황금 팔찌가 쩔렁거렸다.

"당신의 시는 아름답습니다. 그을린 피부의 사문이여, 실로, 그 시의 보상으로 제 입술을 드린다 해도 아무것도 아까울 것이 없습니다."

여인은 눈짓으로 싯다르타를 자기 곁으로 끌어당겼다. 청년은 여인의 얼굴 위로 자기의 얼굴을 굽혀, 갓 무르익은 신선한 무화과 열매 같은 여인의 입술에 자기의 입술을 포갰다. 카말라는 오랫동안 입을 맞추었다. 그러면서 싯다르타는 깊은 경이를 느꼈다. 그녀는 너무나 훌륭한 스승이며 너무나 현명한 여인이었다. 그녀는 그를 지배하여 물리치기도 하고 유혹하기도 했다. 그뿐만 아니라 이 첫 키스에 뒤이어, 잘 정돈되고 숙련된 긴 일련의 키스들이, 각기 서로 다른 방식으로 싯다르타를 기다리고 있었다. 그는 깊이 한숨을 내쉬며 꼼짝 않고 서 있었다. 그리고 그 순간, 알고 배울 가치가 있는 그 무엇이 충만하게 눈앞에 열려 있음을 보고 어린아이처럼 놀랐다.

"당신의 시는 굉장히 아름답습니다."

카말라는 외쳤다.

"제가 부자라면 그 대가로 당신한테 금화를 드렸을 거예요. 그렇지만 시로는 당신에게 필요한 만큼 많은 돈을 벌기 어려울 겁니다.

카말라의 친구가 되려면 무척 많은 돈이 필요할 테니까요."

"카말라, 그대는 어떻게 그렇게 키스를 잘하시오?"

싯다르타가 더듬거리며 말했다.

"그래요. 저는 그 방법을 잘 압니다. 그 덕에 제게는 의복이며 신, 팔찌, 그 밖의 온갖 아름다운 물건이 부족하지 않습니다. 그런데 당신은 대체 무엇을 할 줄 아시나요? 사고와 단식, 시를 짓는 것 외에는 다른 아무것도 할 줄 모르시나요?"

"나는 또한 제가(祭歌)를 부를 줄 아오."

싯다르타가 대답했다.

"그렇지만 이제 다시는 안 부를 작정이오. 나는 또 주문을 외울 줄 알고 있소. 그렇지만 이제 다시는 외우지 않을 작정이오. 나는 문자를 읽을 줄 아오."

"잠깐만."

카말라가 그의 말을 가로막았다.

"글을 읽을 줄 아신다고요? 쓸 줄도 아십니까?"

"물론 쓸 줄도 아오. 그리 할 수 있는 사람은 많을 것이오."

"대부분의 사람은 글을 쓸 줄 모릅니다. 저 역시 쓸 줄 모릅니다. 당신이 읽고 쓸 줄 안다는 것은 좋은 일입니다. 퍽 좋은 일입니다. 또한 주문 역시 앞으로 쓸 수 있을지도 모르겠습니다."

그 순간 하녀가 달려와 여주인에게 귓속말로 무슨 보고를 했다.

"손님이 왔습니다."

카말라가 말했다.

"서둘러 피해주십시오, 싯다르타. 아무도 여기에서 당신을 봐서는 안 됩니다. 주의해주세요! 내일 다시 뵙겠습니다."

그러더니 카말라는 하녀에게, 이 경건한 브라만에게 흰색 웃도리를 갖다드리라고 명했다. 무슨 영문인지도 모르고 싯다르타는 하녀에게 끌려 빙빙 돌아 어느 정자에 이르러 웃도리를 받았고, 안내받은 숲속을 통해 당장 아무의 눈에도 띄지 않게 정원 밖으로 사라지라는 간절한 경고를 들었다.

만족스러운 마음으로 그는 명하는 대로 했다. 숲에 익숙한 그는 소리 없이 울타리를 넘어 정원에서 빠져나왔다. 둘둘 만 옷보따리를 팔에 낀 채 그는 만족하여 시내로 돌아왔다. 그리고 어느 여인숙 문 앞에 서서 묵묵히 먹을 것을 청했고 묵묵히 떡 한 덩이를 받아 들었다. 아마 내일부터는 누구에게도 다시 먹을 것을 빌지 않으리라고 생각했다.

문득 마음속에서 긍지가 불타올랐다. 그는 이미 사문이 아니었다. 무엇을 구걸한다는 일은 그에게 어울리지 않았다. 그는 떡을 개한테 던져주고 먹지 않았다.

'속세에서 사람들이 살아가는 건 간단하다.'

싯다르타는 생각했다.

'속세의 생에는 아무런 어려운 점이 없다. 사문일 때 나는 만사가 어렵고 힘이 들며 궁극에 가서는 희망이 없었다. 그런데 지금은 모든 것이 쉽다. 카말라가 가르쳐준 입맞춤 수업처럼 용이하다. 나는 옷과 돈이 필요할 뿐, 그 밖에는 아무것도 필요하지 않다. 그것은 작

고 가까운 목표요, 잠을 앗아갈 정도의 것은 아니다.'

한참 걸려서 그는 시내에 있는 카말라의 집을 찾아냈다. 그리고 다음 날 그 집에 나타났다.

"참 잘됐습니다."

카말라가 싯다르타를 맞으며 말했다.

"카마스바미가 당신을 기다립니다. 그는 이 도시에서 제일가는 부상(富商)이지요. 당신이 그의 마음에 든다면, 그는 당신을 채용할 겁니다. 잘해보세요, 그을린 피부의 사문이시여. 제가 다른 사람을 시켜 그에게 당신에 관해 말하도록 했습니다. 그에게 친절하게 대하십시오. 그는 대단히 세도 있는 사람이지요. 그렇지만 지나치게 겸손하지는 마십시오. 당신이 그의 하인이 되는 것은 원치 않습니다. 당신은 그와 대등한 위치에 있어야 합니다. 그렇지 못하면 저는 당신에게 만족할 수가 없으니까요. 카마스바미는 늙고 게을러지기 시작했습니다. 당신이 그의 마음에만 든다면 당신에게 많은 일을 맡길 겁니다."

싯다르타는 카말라에게 감사하며 웃었다. 그리고 카말라는 싯다르타가 어제도 오늘도 아무것도 먹지 않았다는 사실을 알고 빵과 과일을 가져오도록 하여 대접했다.

"당신은 운이 좋았습니다. 문이 차례로 당신을 위해 열리는군요. 어찌 된 일일까요? 마력이라도 가지고 계시나요?"

카말라가 작별하면서 말했다. 그러자 싯다르타가 말했다.

"어제 당신한테 말했소. 나는 사고할 줄 알고, 기다릴 줄 알며, 금식할 줄 안다고 말이오. 그때 당신은 그것이 아무 소용없는 거라고 여겼소. 하지만 그것은 여러 면에서 필요하오, 카말라. 그 점을 당신도 알게 될 거요. 숲속의 어리석은 사문들도 당신네들이 못 하는 많은 훌륭한 일을 배우고 행할 수 있음을 당신도 알게 될 거죠. 그저께만 해도 나는 봉두난발한 구걸하는 중이었소. 그런데 어제 벌써 카말라와 키스를 했소. 그리고 이제 곧 장사꾼이 되어 당신이 가치 있다고 여기는 돈과 모든 물건을 수중에 넣을 거요."

"그렇습니다."

카말라는 동의했다.

"그렇지만 제가 없었다면 어떻게 됐을까요? 카말라가 도와주지 않았다면 당신은 어떻게 됐을까요?"

"사랑하는 카말라."

싯다르타가 몸을 일으키며 말했다.

"내가 당신을 찾아 당신의 정원으로 들어섰을 때, 이미 첫발을 내디딘 거요. 이 더없이 아름다운 여인에게서 사랑을 배우는 것이 내 의도였소. 그리고 그렇게 의도한 그 순간부터 나는 실현될 것을 깨닫고 있었소. 당신이 나를 도와주리라는 것을 알았소. 정원 입구에서 당신을 처음 보던 그 순간에 벌써 깨달았소."

"제가 그러기를 원하지 않았다면?"

"당신은 원했소. 보시오, 카말라. 당신이 돌을 하나 물속에 던졌다고 합시다. 그러면 그 돌은 가장 빠른 길로 서둘러 물 밑바닥에 가라앉을 것이오. 싯다르타가 어떤 의도를 품을 때도 이와 꼭 같지요.

싯다르타는 아무런 행동도 하지 않고, 기다리고 사고하며, 금식할 뿐이오. 그렇지만 물을 꿰뚫는 돌멩이처럼 세계의 사물을 꿰뚫고 지나가지요. 아무 행동도 하지 않고, 움직이지도 않고서 말이오. 그는 끌리는 대로 그곳에 몸을 맡기지요. 목표가 그를 끌어당기고 있소. 왜냐하면 그는 목표에 거스르는 어떠한 것도 자기의 영혼 속에 받아들이지 않기 때문이오. 싯다르타가 사문에게서 배운 것은 바로 그것이오. 어리석은 자들은 마술이라고 부르며 귀신이 작용해서 이루어진다고 믿는, 바로 그것이오. 귀신이 작용해서 이루어지는 일이란 세상에 아무것도 없소. 귀신이란 존재하지 않소. 누구나 마술을 할 수 있고, 누구나 목표에 이를 수 있소. 사고할 수 있고, 기다릴 수 있으며, 금식할 수 있다면 말이오."

카말라는 그의 말에 귀를 기울였다. 그녀는 그의 음성을 사랑했다. 그의 눈빛을 사랑했다.

"아마 그럴지도 모르지요."

그녀가 나직이 말했다.

"당신의 말대로일지도 모릅니다, 친구여. 그렇지만 어쩌면 싯다르타가 미남이며 그의 눈빛이 여자의 마음에 들어, 바로 그 때문에 행복이 그를 향해 마주 다가오는지도 모르지요."

입을 맞추며 싯다르타는 작별을 고했다.

"그렇다면 좋겠소, 스승이여. 나의 눈빛이 항상 그대의 마음에 들기를! 그대에게서 오는 행복이 항상 나를 맞아주기를!"

소인들 곁에서

싯다르타는 거상 카마스바미의 호화로운 저택을 찾아갔다. 그리고 하인의 안내를 받아 값진 융단 위를 지나 한 방으로 들어서서 집 주인을 기다렸다.

카마스바미가 들어섰다. 백발이 성성한, 민첩하고 싹싹한 노인, 지혜롭고 조심성 있는 눈에 탐욕스러운 입을 가진 남자였다. 주인과 손님은 서로 정답게 인사를 나누었다.

"내가 들은 바로는."

상인이 입을 떼었다.

"당신은 브라만이며 학식이 많다고요. 그런데 장사꾼 곁에서 일하기를 원하신다고요. 브라만이여, 당신이 일자리를 찾는 까닭은 곤궁에 빠져서입니까?"

"아닙니다."

싯다르타는 대답했다.

"저는 곤궁에 빠지지 않았습니다. 지난날에도 한 번도 곤궁에 빠진 적이 없습니다. 저는 사문에서 온 사람이라는 것, 사문 생활을 오래했다는 점을 알아주십시오."

"당신이 사문에서 오셨다면 어찌 곤궁에 빠지지 않을 수가 있겠습니까? 사문들은 가진 거라고는 전혀 없는 사람들이 아닌가요?"

"나는 가진 거라고는 없습니다."

싯다르타는 대답했다.

"당신이 생각하시는 그런 재산이라면 없습니다. 분명코 저는 무일푼입니다. 하지만 자발적인 의사에서 그런 거지요. 그러니 저는 곤궁에 빠져 있는 게 아닙니다."

"한 푼도 없으시다면 대체 어떻게 살아갈 작정이십니까?"

"저는 지금껏 그 점에 대해 생각해본 적이 없습니다, 주인이여. 3년이 넘도록 무일푼으로 지내왔는데도 어떻게 살아야 할까는 한 번도 생각해본 적이 없습니다."

"그렇다면 당신은 다른 사람의 재산으로 살아오신 겁니다."

"아마 그럴지도 모릅니다. 그뿐만 아니라 장사하는 당신도 역시 다른 사람의 재산으로 살고 있을 겁니다."

"잘 말씀하셨습니다. 그렇지만 저는 다른 사람의 것을 공공연히 취하지는 않습니다. 그 대신 상품을 제공해주니까요."

"사실, 모두가 그런 관계인 것 같습니다. 누구나 주고받습니다. 그게 곧 생(生)이지요."

"이런 말씀을 드리는 것을 용서하십시오. 그렇지만 당신이 아무것도 가진 것이 없으시다면, 대체 무엇을 주시렵니까?"

"누구나 자기가 가진 것을 줍니다. 무사는 힘을, 상인은 상품을, 스승은 가르침을, 농부는 곡식을, 어부는 물고기를 줍니다."

"훌륭한 말씀입니다. 그렇다면 대체 당신은 무엇을 주실 수 있습니까? 당신이 배우신 것, 당신이 할 수 있는 건 무엇입니까?"

"저는 생각할 수 있습니다. 기다릴 수 있습니다. 단식할 수 있습니다."

"그게 전부인가요?"

"전부라고 생각합니다."

"그렇다면 그건 어디에 필요합니까? 예컨대 단식 같은 것, 그것이 어디에 소용이 있습니까?"

"주인이시여, 단식은 대단히 좋습니다. 가령 어떤 사람에게 아무런 먹을 것이 없다고 칩시다. 그때 그가 취할 수 있는 가장 현명한 방도는 단식입니다. 예를 들어 싯다르타가 단식하는 법을 배우지 않았다면, 그는 오늘 안으로 어떠한 일이든지 하려고 들 겁니다. 당신에게서든지, 다른 어디에서든지 말입니다. 배고픔이 그에게 그렇게 하도록 강요할 테니까요. 하지만 싯다르타는 조용히 기다릴 수 있습니다. 그는 초조함을 모릅니다. 그는 절박함을 모릅니다. 그는 오랫동안 배고픔에 빠져 있을지라도 웃어버릴 수 있습니다. 주인이시여, 그런 점에서 단식은 좋습니다."

"당신의 말이 옳습니다, 사문이여. 잠깐만 기다려주십시오."

카마스바미는 밖으로 나가더니 두루마리를 하나 들고 되돌아와 손님에게 내밀며 물었다.

"이걸 읽을 줄 아십니까?"

싯다르타는 두루마리를 훑어봤다. 매매 계약서였다. 싯다르타는 그 내용을 읽기 시작했다.

"훌륭하시군요."

카마스바미가 말했다.

"그럼 이 종이 위에 무엇을 좀 써주시겠습니까?"

그는 싯다르타에게 종이 한 장과 붓을 하나 내주었다. 싯다르타는 그 종이 위에 글을 써서 되돌려주었다.

"쓰는 것은 좋다. 생각하는 것은 더욱 좋다. 지혜로운 것은 좋다. 참는 것은 더욱 좋다."

카마스바미가 받아 읽었다.

"쓰는 솜씨가 훌륭하시군요."

상인이 칭찬했다.

"아직도 나눌 이야기가 많습니다. 오늘은 우선 손님으로서 여기 머물러주시기를 바랍니다."

싯다르타는 감사하며 그의 뜻을 받아들여 이제 그 상인의 집에서 살게 되었다. 그는 상인에게서 신발을 선사받았고, 하인 한 명이 매일 목욕 시중을 들어주었다. 하루에 두 번씩 성찬(聖餐)을 날라다 주었다. 하지만 싯다르타는 하루에 한 끼만을 먹었고 고기도 술도 들지 않았다. 카마스바미는 싯다르타에게 자기의 장사에 관해 이야기했다. 상품과 창고를 보여주고 장부를 보여주었다. 싯다르타는 많은 것을 배워 알게 되었다. 그는 주로 듣기만 할 뿐, 별로 말이 없었다. 그리고 카말라의 말을 상기하며 결코 상인의 아래 위치에 서지 않고, 상인이 그를 동등하게, 아니 그 이상으로 대우하도록 만들었다. 카마스바미는 면밀하게, 그리고 때로는 정열적으로 장사 일에 종사했다. 하지만 싯다르타에게는 이 모든 것이 한낱 유희와 같았다. 규칙을 엄밀히 배우려고 애를 쓰기는 하되, 그 내용이 마음에 아무런 감동도 주지 못하는 그런 유희였다.

카마스바미의 집에 머문 지 얼마 되지 않아서, 그는 이미 주인의 장사에 참여하여 한몫을 하게 되었다. 그렇지만 매일같이 카말라가 일러준 시간이 되면 좋은 의복을 입고 고급 신을 신고, 아름다운 카말라를 찾아갔다. 그리고 곧 그녀에게 선물까지 가져가게 되었다. 그녀의 지혜로운 빨간 입술은 많은 것을 가르쳐주었다. 부드럽고 나긋나긋한 그녀의 손도 많은 것을 가르쳐주었다. 사랑에서는 아직도 어린아이 같아서, 마치 바닥 없는 심연으로 뛰어들 듯 맹목적으로, 지치지 않고 쾌락 속으로 굴러떨어지려는 그에게 카말라는 기초부터 가르쳐주었다. 쾌락을 주지 않고는 쾌락을 취할 수 없다는 것을, 모든 몸짓, 애무, 접촉, 시선, 육체의 섬세한 부분까지도 깨닫는 자에게 행복을 일깨워주기 위해 마련된 비밀을 지니고 있다는 것을, 그녀는 사랑하는 사람들이 사랑의 향연을 맞으러 가려면 서로가 다음과 같은 상태여야 한다고 가르쳐주었다. 즉, 서로가 상대에게 감탄하는 마음이어야 하며, 상대를 정복하는 동시에 정복당해야 한다는 것, 그래야만 둘 중 어느 누구에게도 혐오감과 허탈감이 일어나지 않고 강간을 했다거나 강간을 당했다는 불쾌감이 일어나지 않는다는 사실을 배웠다. 그는 지혜롭고 아름다운 이 여류 예술가 곁에서 황홀한 시간을 보내며 그녀의 제자요, 애인, 친구가 되었다. 지금의 그가 느끼는 생의 의의와 가치는 바로 이곳 카말라에게 있었지, 카마스바미의 장사에 있지 않았다.

상인은 중요한 편지와 계약 서류를 작성하는 일을 그에게 맡겼고 모든 중요한 사무를 그와 의논하는 데 길이 들었다. 상인은 곧 알게 되었다. 싯다르타는 쌀과 양털, 항해와 장사는 아는 것이 별로 없지만 그의 손은 행운의 손이라는 것을. 또한 침착하고 초연한 마음가짐에서, 또한 상대편에게 귀를 기울이고 꿰뚫어 보는 기술에서 자기를 훨씬 넘어선다는 것을. 상인은 한 친구에게 이렇게 말했다.

"이 브라만은 진정한 상인은 아니며 앞으로도 결코 상인이 될 수는 없을 겁니다. 그는 결코 열정을 가지고 장사에 마음을 쏟지 않습니다. 그렇지만 성공이 저절로 찾아들게 하는 비법을 가진 그런 사람입니다. 그 비법이 타고난 행운의 별이든, 마술이든, 사문의 곁에서 배운 무엇이든 간에 말이지요. 그는 언제든지, 장사를 가지고 유희를 하는 듯 보일 뿐 결코 거기에 몰입하거나 지배당하지 않습니다. 그는 결코 실패를 겁내지 않고 손해도 개의치 않습니다."

상인의 친구는 상인에게 충고했다.

"그가 당신을 위해 해주는 장사의 이윤 중 삼분의 일을 배분해주어보십시오. 그렇지만 손해가 생길 때에는 똑같은 몫을 부담시키십시오. 그러면 그 사람도 더 열심히 일할 겁니다."

카마스바미는 그 충고를 따랐다. 하지만 싯다르타는 별로 개의치 않았다. 이익이 나면 무심하게 취했고 손해가 생기면 웃으면서 말했다.

"아, 이런, 이번에는 실패로군!"

진실로 싯다르타는 장사에는 무관심한 것 같았다. 한번은 쌀을 대량으로 사들이기 위해 시골로 여행을 간 적이 있었다. 하지만 도착해보니 쌀은 이미 다른 상인에게 넘어간 뒤였다. 그런데도 싯다르타는 그 시골에 여러 날을 묵으면서 농부들에게 향응을 베풀고, 어린아이들에게 동전을 주며, 혼례식도 참석하고 나서 아주 만족스러운 기분으로 돌아왔다.

카마스바미는 그가 즉시 돌아오지 않고 시간과 돈을 낭비했다고 나무랐다. 싯다르타는 이렇게 대답했다.

"꾸지람을 거두어주시오, 사랑하는 친구여! 꾸지람으로 되는 일이란 결코 아무것도 없소이다. 손해를 보셨다면, 그 손해를 나한테 부담시키시지요. 나는 이번 여행이 아주 만족스러웠소이다. 많은 사람을 알게 되었고, 한 브라만은 나의 친구가 되었고, 어린아이들이 내 무릎을 타고 놀았고, 농부들은 자기의 논밭을 구경시켜주었지요. 아무도 나를 장사꾼으로 대하지 않았다오."

"그것 참 잘된 일이구려."

카마스바미는 불쾌해서 말했다.

"그렇지만 어찌 되었든 당신은 엄연히 상인이오. 그걸 알아두시오! 그렇지 않다면 정녕 당신은 쾌락을 구하려고 여행을 갔단 말이오?"

"그렇고말고요."

싯다르타는 웃었다.

"분명코 나는 쾌락을 구하려 여행을 했소이다. 아니면 대체 무엇 때문에 갔겠소? 나는 이번 여행으로 사람들과 그 지방에 대해 알게 되었고, 친절과 신뢰를 누렸고, 우정을 발견했소이다. 이거 보시오, 친구여. 내가 만약 당신이었다면 물건을 사들이는 일이 틀어져버린 것을 알고 화가 치밀어 당장에 서둘러 돌아왔을 거요. 그랬다면 그야말로 사실상 돈과 시간을 잃어버린 셈이 되고 말았을 거요. 그렇지만 나는 보람 있는 날들을 보냈소. 배우고 유쾌하게 지내면서, 화를 내거나 조급하게 구는 일로 나 자신이나 남의 기분을 해치지 아니했소. 그래서 언제라도 내가 다시 그곳에 간다면, 혹시 다음 수확기에 벼를 사들이러 간다든가 또는 무슨 다른 목적으로 가게 된다면, 친분 있는 사람들이 친절하고 유쾌하게 나를 반겨줄 거요. 그리고 지난번에 조급하고 불쾌한 내색을 하지 않은 나 자신도 마음이 흡족할 거요. 그러니 친구여, 편안한 마음을 가지시오. 꾸지람을 하는 일로 자신의 기분을 상하게 하지 마시오! 언제라도 이 싯다르타가 손해를 가져오는 자라고 여겨지거든, 한마디만 해주시오. 그러면 싯다르타는 자기의 길을 떠날 것이오. 하지만 그날까지는 우리 서로 흡족한 마음을 가집시다."

상인은 싯다르타가 카마스바미 자신의 빵을 먹고 산다는 사실을 납득시키려 해봤지만 소용없었다. 싯다르타는 자신의 빵을 먹고 살았다. 아니, 그들은 둘 다 상대방의 빵, 모든 사람의 빵을 먹고 살았다. 싯다르타는 카마스바미의 우려에도 아랑곳하지 않았다. 그런데 카마스바미는 우려하는 일이 많았다. 실패할 위험이 있는 상거래가 진행될 때, 발송한 상품을 잃어버린 것 같을 때, 채무자에게 빚을 받을 수 없을 것 같을 때, 카마스바미는 근심의 말을 하고 분통을 터뜨리며, 이마에 주름살을 긋고 잠을 이루지 못했다. 그러나 그의 동업자에게도 그래야 할 필요가 있다는 마음이 들도록 하려 해도 도저히 할 수 없었다. 언젠가 카마스바미가 싯다르타에게 "당신이 아는 모든 것은 나한테서 배운 것이오"라고 훈계를 하자, 싯다르타는 이렇게 답했다.

"그런 농담으로 나를 조롱하지 마시오! 당신한테서 나는 한 바구니의 생선값이 얼마라든가, 빌려준 돈에 대해 얼마만큼의 이자를 받을 수 있는가를 배웠소. 그게 당신의 학문이오. 하지만 생각하는 것은 당신 곁에서 배우지 못했소. 존경하는 카마스바미여, 당신이야말로 나한테서 생각하는 것을 배우도록 해보시오."

사실상 그의 정신은 장사에 있지 않았다. 카말라를 위한 돈을 벌기에 상업은 좋았다. 상업은 싯다르타가 필요한 것보다 훨씬 많은 돈을 가져다주었다. 그래도 싯다르타의 관심과 흥미는 오로지 사람들한테 있었다. 그들의 거래, 수공(手工), 걱정, 쾌락, 어리석음은 과거의 싯다르타에게는 달나라처럼 까마득한 것이었다. 그들 모두와 더불어 이야기하고, 더불어 살며, 모두에게서 배우는 일이 싯다르타에게 쉽사리 이루어졌다. 그런데도 싯다르타는 자기를 그들에게서 유리시키는 무엇이 있다는 것을 깊이 느꼈다. 그것은 그가 지닌 사문의 마음이었다. 그는 어린아이 같은, 또는 동물 같은 방식으로 살아가는 인간들을 보면서 그들의 방식을 사랑하는 동시에 경멸했다. 그는 자기가 볼 때 전혀 무가치한 사물을 얻기 위해, 돈을 얻기 위해, 하잘것없는 쾌락을 얻기 위해, 하잘것없는 명예를 얻기 위해 애를 쓰고 괴로워하며 백발이 되어가는 인간들을 보았다. 서로 헐뜯고 욕지거리를 하는 모습을 보았고, 사문이라면 웃음 지을 고통에도 울부짖고, 사문이라면 느끼지도 못할 궁핍에 괴로워하는 모습을 보았다.

싯다르타는 이러한 인간들이 자신에게 가져오는 모든 것을 기탄없이 대했다. 아마(亞麻)를 팔러 오는 상인들도 환영했고, 돈을 꾸러 오는 채무자도 환영했고, 한 시간이나 장황하게 자기의 가난한 사정을 말했지만 실상은 사문들의 절반만큼도 가난하지 않은 걸인도 환영했다. 외국에서 온 부상(富商)이라 하더라도 수염을 깎아주는 하인이나 몇 푼 안 되는 동전 때문에 바나나를 팔면서 속임수를 쓰는 행상과 다를 바 없이 대했다. 카마스바미가 걱정거리를 하소연하려고, 또는 장사 일로 비난을 하려고 찾아올 때면, 호기심을 가지고 흔쾌하게 귀를 기울였다. 그리고 카마스바미를 알 수 없다고 여기면서도 이해하려고 애를 썼고, 불가피하다고 보이는 한에서는 어느 정도 카마스바미의 타당성을 인정해주고는 곧 그를 떠나 자기를 찾아온 다음 사람에게로 방향을 돌렸다. 사실 그에게는 많은 사람이 찾아왔다. 상담하려는 사람, 속이려는 사람, 염탐하려는 사람, 동정을 사려는 사람, 충고를 들으려는 사람이 숱하게 찾아왔다. 그는 충고를 해주었고, 동정을 베풀었고, 틈을 허용해주었고, 어느 정도 속아주었다. 그리고 일찍이 그가 신(神)들과 범(梵)에 정신을 쏟았던 때와 다름없이 이런 일체의 유희와 이 유희를 추진하는 모든 사람의 정열에 몰입했다.

이따금 그는 가슴속 깊은 곳에서 거의 알아들을 수 없을 정도로 꺼져가는 듯 나직하게 경고하는 음성, 호소하는 음성을 들었다. 그러고 나면 일순간 깨달았다. 자기는 이상한 생활을 하고 있으며, 온통 유희에 지나지 않는 일을 하고 있다는 사실을, 자신이 물론 유쾌하고 종종 기쁨을 느끼기는 하지만 그래도 자기 본래의 생활은 곁으로 스쳐 흘러갈 뿐 자기에게 와 닿지 않는다는 사실을. 공을 가지고 노는 사람처럼 그는 장사를 가지고 놀았다. 그리고 주위의 인간들을 가지고 놀면서 그들을 구경하고 그들에게 흥미를 느꼈다. 그러면서도 진심으로는, 본질의 근원에서는 한데 어울리지 못했다. 근원은 그와는 멀리 떨어진 어느 곳으로 보이지 않게 흘렀고 그의 인생과는 아무런 상관이 없었다. 그는 몇 번이나 이런 생각 앞에 깜짝 놀랐다. 그리고 이 모든 어린애 같은 일상의 행위에 자신도 정열과 진심으로 임할 수 있다면, 오로지 방관자로서 곁에 서 있는 것이 아니라 진정으로 살고 진정으로 행동하며 진정으로 즐길 수 있다면 하고 바랐다. 하지만 싯다르타는 끊임없이 거듭해서 아름다운 카말라를 찾아가 사랑의 기술을 배우고, 그 어느 것보다도 주는 것과 받는 것이 하나가 되는 육욕의 예배를 연습하며 카말라와 더불어 소곤대고, 그녀한테서 배우며 충고를 하기도 하고 받기도 했다. 카말라는 일찍이 고빈다가 그를 이해한 것보다 한결 더 싯다르타를 이해했고, 한결 더 싯다르타와 닮았다.

언젠가 싯다르타가 카말라에게 말했다.

"당신은 나와 같소. 당신은 대부분의 인간들과 다르오. 당신은 카말라일 뿐 다른 아무것도 아니오. 당신의 마음속에는 언제라도 그 속에 들어가 평안을 누릴 수 있는 자신만의 조용한 안식처가 있소. 그 점은 나 역시 마찬가지요. 그런 사람은 별로 많지 않소. 누구나 그렇게 할 수 있지만 말이오."

"모든 사람이 지혜로운 것은 아니니까요."

카말라가 말했다.

"아니오."

싯다르타가 말했다.

"그 점이 문제가 아니오. 카마스바미는 나와 마찬가지로 지혜로우나 자기 안의 안식처를 갖지 못한 사람이오. 반면에 이성(理性)은 어린아이일지라도 자기 안에 안식처를 가진 사람이 있소. 카말라여, 대부분의 인간들은 바람에 날려 빙글 돌다가 방향을 잃고 땅바닥에 굴러떨어지는 낙엽과 같은 존재요. 하지만 드물게도 별처럼 확고한 자기의 궤도를 가는 사람이 있소. 그들은 바람에 조금도 흔들리지 않고, 자기 내부에 그들 나름대로의 법칙과 궤도를 가지고 있소. 내가 알던 많은 학자와 사문 가운데 이러한 종류의 사람은 단 한 분뿐이었소. 그 한 사람의 완성자를 나는 영원히 잊을 수 없을 거요. 그분은 설법을 전파하는 세존, 저 고타마시오. 몇천의 젊은이들이 매일처럼 그의 설법을 들으며 항시 그의 계율을 좇고 있소. 그렇지만 그들은 모두가 떨어지는 가랑잎일 뿐이오. 그들은 자기 자신 안에 교의와 법칙을 가지고 있지 못하오."

카말라는 웃음을 지으며 그를 찬찬히 바라봤다.

"당신은 또 그 사람 이야기를 하는군요. 아직도 사문의 생각을 하는군요."

카말라가 말했다.

싯다르타는 입을 다물었다. 그리고 그들은 사랑의 유희를 벌였다. 카말라가 아는 서른 가지, 마흔 가지 유희 중 하나를. 카말라의 몸은 표범의 몸처럼, 사냥꾼의 활처럼 유연했다. 모름지기 그녀에게서 사랑을 습득한 사람은 많은 쾌락, 많은 비밀에 정통해지게 마련이었다. 카말라는 오랜 시간 싯다르타와 유희를 벌였다. 그녀는 그를 유혹하고 물리치며, 굴복시키고 휘감으면서 그 노련함을 즐겼다. 그리하여 마침내 싯다르타는 정복되어 녹초가 된 몸으로 카말라의 곁에서 쉬었다.

기생은 싯다르타 위로 허리를 굽혀 그의 얼굴을, 피로해진 그의 눈을 오랫동안 들여다봤다.

"당신은 내가 만난 애인 중에서 최고의 애인이에요."

카말라는 생각에 잠겨 말했다.

"당신은 다른 사람보다 강하고 유연하며 의욕적입니다. 당신은 나의 기술을 잘 배우셨어요, 싯다르타. 언젠가 제가 좀 더 나이를 먹으면 당신의 아들을 하나 낳고 싶습니다. 그렇지만 애인이여, 그런데도 역시 당신은 여전히 사문에 머물러 있습니다. 역시 당신은 나를 사랑하지 않습니다. 당신은 어떠한 인간도 사랑하지 않습니다. 그렇지 않습니까?"

"그럴지도 모르지요."

싯다르타는 피곤한 어조로 말했다.

"나는 당신과 똑같소. 당신 역시 아무도 사랑하지 않지요. 그렇지 않고서야 어찌 사랑을 기술로 사용하는 일에 종사할 수 있겠소? 아마도 우리 같은 종류의 인간들은 사랑을 할 수 없을 거요. 소인들에게나 가능하겠지요. 그거야말로 소인들의 비밀일 거요."

삼사라〔輪廻〕

오랫동안 싯다르타는 속세의 생, 쾌락의 생을 누렸다. 하지만 결코 그 속에 빠져들지는 않았다. 열렬한 사문 시절 동안 죽어 있던 그의 관능이 다시금 깨어나 부귀를 맛보았고, 환락을 누렸고, 권세를 맛보았다. 그런데도 이 오랜 세월 동안 그의 가슴속에는 여전히 사문이 머물러 있었다. 이 점을 현명한 카말라가 간파한 것이다. 사고와 인내와 금식의 기술이 여전히 그의 생활을 지배했고 속세의 인간, 소인배들은, 그가 그들에게 낯선 존재이듯이, 그에게 여전히 낯선 인간들로 머물렀다.

세월은 흘러갔다. 싯다르타는 안일한 생활에 휩싸여 세월의 흐름을 거의 느끼지 못했다. 그는 부자가 되었다. 자기 소유의 집을 가졌고 하인들을 부렸으며 교외의 강변에는 별장도 있었다. 사람들은 그를 좋아해서 돈과 조언이 필요할 때면 그를 찾아왔다. 하지만 카말라를 빼놓고는 어느 누구도 그와 친하지 못했다.

일찍이 그가 청년의 절정기에, 고타마의 설법을 듣고 나서 고빈다와 작별한 후 며칠 동안 체험한 그 높고 투명한 각성, 긴장된 기대감, 가르침도 스승도 떠나 있던 오만한 독존(獨存), 자신의 마음속에서 신의 음성을 들으려던 겸허한 마음의 태세는 점점 추억이 되어버리고 덧없는 옛일이 되고 말았다. 일찍이 가까이에서 솟았던, 일찍이 자기 안에서 솟아오르던 성스러운 샘물은 멀리서 가냘프게 그 울림만 전해올 뿐이었다.

그가 사문들 곁에서 배운 것, 고타마의 가르침을 배운 것, 브라만인 아버지에게서 배운 것 가운데서 긴 세월이 지난 오늘날까지도 아직도 많은 것이 그의 마음속에 남아 있었다. 절제하는 생활, 사색의 기쁨, 명상의 시간, 육체도 아니요 의식도 아닌 자기 자신의 영원한 자아에 관한 내밀한 깨달음은 여전히 그의 내부에 머물러 있었다. 그 모든 것은 대체로 그의 안에 남아 있었지만 하나씩 하나씩 가라앉아 먼지로 뒤덮였다. 일단 회전하면 한동안 돌아가다가 점점 속력이 줄어 나중에는 아주 멎어버리는 도공의 물레처럼 싯다르타의 영혼 안에 있는 금욕의 바퀴, 사고(思考)의 바퀴, 식별(識別)의 바퀴도 오랫동안 회전했고 아직도 돌고 있기는 하지만 점점 속도를 잃어 거의 정지 상태에 이르렀다. 마치 죽어가는 나무 밑동에 습기가 스며들어 서서히 습기로 가득 차서 썩어버리는 것과 같이, 세속적인 것과 타성이 그의 영혼 속으로 스며들어 서서히 그의 영혼을 가득 채우고 그를 무겁게 하여 피곤하게 하고 결국 잠들게 했다. 그 대신 그의 관능은 생생하게 살아 많이 배우고 많은 체험을 했다.

싯다르타는 배웠다. 장사하는 법을, 인간을 다스리는 법을, 여인과 더불어 즐기는 법을. 그는 배웠다. 아름다운 옷을 입는 법을, 하인을 부리는 법을, 향내 나는 물에 목욕하는 법을. 그는 섬세하고 정성스럽게 만든 요리를 먹는 법을, 생선이며 육류, 새고기, 향료와 과자 먹는 법을, 또한 몽롱하니 늘어지고 취하게 만드는 술 마시는 법을 배웠다. 도박하는 방법과 장기 두는 방법, 무희를 바라보는 방법과 가마 타는 방법, 부드러운 침상에서 자는 법도 배웠다. 그러면서도 여전히 자기가 다른 사람들과 다르며, 그들보다 우월하다고 느꼈고, 여전히 그들을 조금은 조소하는 마음으로, 조금은 경멸하는 마음으로 바라다봤다. 그것은 사문들이 늘 속세의 인간들을 대할 때 느끼는 것과 똑같은 경멸감이었다.

카마스바미가 불쾌해할 때면, 그가 화가 났을 때면, 그가 모욕을 느낄 때면, 그가 장사 일로 시달림을 겪을 때면, 싯다르타는 항상 조소하는 마음으로 그를 바라다봤다. 하지만 장마기와 수확기가 몇 번 지나가는 동안 조금씩 자기도 모르는 사이에 조소도 점점 무뎌졌고, 우월감도 잠들어갔다. 재산이 늘어가면서 서서히 싯다르타 자신이 소인배의 요소를, 철부지 같고 소심한 요소를 지니기에 이르렀다. 그뿐만 아니라 그들을 부러워하기까지 했다. 그들과 닮아가면 갈수록 더욱 그들을 부러워했다. 자기가 못 가졌고 그들만이 가진 한 가지를, 그들이 자기네의 인생에 부여할 수 있는 중대성을,

기쁨과 불안에 대한 그들의 열정을, 그들이 영원히 지니는 사랑의 감정의 안타까우나 달콤한 행복을 부러워했다.

자기 자신에, 여자에, 자식들에, 명예나 돈에, 계획이나 희망에, 이들 인간들은 끊임없이 사로잡혔다. 하지만 싯다르타는 이것을 그들에게서 배우지 못했다. 실로 이것만은, 이 어린애 같은 기쁨과 어린애 같은 어리석음만은 배우지 못했다. 그는 그들에게서 정작 자기 자신이 경멸하는 불쾌한 기분만을 습득했을 뿐이다. 사교 모임으로 밤을 지낸 다음 날 아침이면, 오랫동안 자리에 누운 채 멍하니 피로를 느끼는 일이 점점 잦아졌다. 카마스바미가 자기의 걱정거리를 가지고 지겹게 굴면, 화가 나서 참지 못하기에 이르렀다. 도박을 하다가 돈을 잃으면 놀랄 만큼 큰 소리로 웃어대는 일도 있었다. 그런데도 그의 얼굴은 아직까지는 다른 사람보다 지혜롭고 슬기로워 보였다. 하지만 그는 잘 웃지 않았고 부자들의 얼굴에서 흔히 볼 수 있는 특징을 하나씩 하나씩 닮아갔다. 부자들이 지닌 불만스러운 표정, 기분 나빠하는 표정, 불쾌한 표정, 나태한 표정, 몰인정한 표정을. 부(富)에서 오는 영혼의 병이 서서히 그를 잠식하여 사로잡았다.

무슨 베일처럼, 엷은 안개처럼, 피로가 날이 갈수록 점점 짙게, 달이 갈수록 점점 탁하게, 해가 갈수록 점점 무겁게 싯다르타를 엄습했다. 새 옷이 세월과 함께 낡아가고, 세월과 함께 아름다운 빛을 잃고 얼룩이 지고 구겨지고 솔기가 뜯어지고 여기저기 퇴색한 실밥이 드러나는 것과 같이, 고빈다와 작별한 후 비롯된 싯다르타의 새 생활도 점점 낡아가고, 세월이 흘러갈수록 빛깔과 광택을 잃고 얼룩과 주름이 생겨서, 밑바닥에는 환멸과 구토가 도사리고 앉아 어느덧 여기저기 추하게 드러났다. 싯다르타는 그것을 깨닫지 못했다. 다만 일찍이 그를 깨우쳐준 자기 마음속의 음성, 그의 황금기를 내내 이끌어준 낭랑하고 분명한 마음속의 음성이 지금은 침묵을 지킨다는 사실만 알 뿐이었다.

세속적인 것에 그는 사로잡혔다. 쾌락에, 욕망에, 타성에, 그리고 마침내는 어리석음의 극치라고 여겨 가장 경멸하고 비웃어온 악덕, 즉 금전에 대한 탐욕에까지 사로잡혔다. 그리하여 재산에, 소유와 부(富)에 사로잡혀 이제는 그것이 유희나 장난이 아닌 꼼짝 없는 사슬이요, 짐이 되고 말았다. 이렇듯 야릇하고 교활한 노정(路程)을 가면서 싯다르타는 도박이라는 가장 마지막 저열한 집착의 구덩이에 빠져들었다.

사실상 싯다르타는 사문이 되기를 마음속으로 포기한 이후로, 일찍이 소인배의 버릇이라고 웃음 지으며 도외시하던 도박에, 돈과 귀중품을 거는 도박에 점점 더 광적으로 정열을 가지고 몰입했다. 그는 무서운 도박사가 되었다. 감히 그와 더불어 도박을 하려는 사람이 없었다. 그토록 엄청나고 대담하게 내기를 걸었다. 그는 마음속의 필요에서 도박을 했다. 돈을 잃는 것, 저주스러운 돈을 탕진하는 것은 분통이 터지면서도 일종의 쾌감을 안겨주었다. 다른 방법으로는 상인들의 우상인 부에 대한 자기의 경멸감을 이보다 더 명쾌하고 노골적으로 드러내 보일 수가 없었다. 그래서 그는 자신을 미워하면서, 자조를 느끼면서, 대담하게 사정 없이 도박을 했다. 몇천 금을 휘몰아 쓸어갔다가 몇천 금을 내던지며, 돈을 잃고 보석을 잃고 별장을 잃고 그랬다가도 다시금 따들이고 다시금 잃고는 했다.

불안, 엄청난 것을 걸고 도박하는 동안의 두렵고 가슴 조이는 불안을 싯다르타는 사랑했고, 그 불안을 끊임없이 새로이 하고, 끊임없이 상승시키고, 끊임없이 자극하여 북돋우려고 애를 썼다. 지금의 포만하고 미지근하고 맥빠진 자기 생의 한가운데서, 그는 유독 이러한 불안감 속에서만 행복 같은 것, 도취감 같은 것, 상승된 생의 맛을 느낄 수 있었기 때문이다. 그래서 엄청난 돈을 잃고 나면 다시금 새로이 부자가 될 생각을 하여 장사 일에 열심을 부렸고, 채무자에게 한층 혹독하게 지불을 독촉했다. 계속해서 도박을 하고 계속해서 낭비하여, 부에 대한 자기의 경멸감을 과시하고 싶어서였다. 이제 싯다르타는 손해를 볼 때 침착성을 잃었고, 늑장 부리는 채무자에게 참을성을 잃었고, 걸인에게 관대함을 잃었고, 간청하는 자에게 돈을 주거나 선사하는 기쁨을 잃어버렸다. 한 판의 도박에 전 만금을 잃고도 웃어버리는 그가 장사 일에서는 엄격하고 좀스러워졌다. 심지어 밤이면 왕왕 돈에 대한 꿈을 꾸기에 이르렀다!

그리하여 이런 끔찍한 악몽에서 깨어나 침실 벽에 걸린 거울 속에서 늙고 추해진 자기의 얼굴을 보고 수치와 염증이 덮쳐올 때면, 그때마다 계속 도피처를 찾았다. 새로운 행복의 유희 속으로, 욕정과 술이 베푸는 마취의 세계로 도피했다. 그리고 그곳에서 다시금 돈을 긁어모아 축적하려는 충동으로 되돌아오곤 했다. 이러한 무의미한 순환을 타고 달리느라 그는 지치고 늙고 병들어갔다.

그러던 어느 날 싯다르타는 꿈속에서 경고의 소리를 들었다. 그날 저녁시간에 그는 카말라와 함께 그녀의 아름다운 정원에 앉아 있었다. 두 사람은 나무 밑에 앉아 이야기를 나누었다. 그때 카말라가 슬픔과 염증을 감춘 의미심장한 말을 했다. 그녀는 싯다르타에게 고타마에 대해 말해주기를 청했다. 그렇지만 싯다르타는 그의 눈이 얼마나 맑으며, 그 입이 얼마나 고요하고 아름다우며, 웃음이 얼마나 인자하며, 걸음걸이가 얼마나 평화로운가를 충분히 말해줄 수 없었다. 오랫동안 카말라에게 지존 붓다에 대해 설명했지만 카말라는 한숨을 쉬며 말했다.

"언젠가, 아마도 머지않아 저 역시 붓다를 따라갈 거 같습니다. 저는 이 정원을 그분에게 바치고 그분의 가르침을 따르겠습니다."

하지만 곧이어 그녀는 싯다르타를 유혹하여 그와 사랑의 유희를 벌였다. 이 공허하고 덧없는 욕정에서 마지막 달콤한 한 방울을 다시 한번 짜내려는 듯이, 눈물을 흘리며 깨물면서 고통스러운 열정으로 그를 끌어안았다. 육욕이라는 것이 얼마나 죽음과 밀접하게 유사한지를 싯다르타는 이토록 기묘하게 명백히 느낀 적이 없었다. 그러고 나서 싯다르타는 여인의 옆에 누웠다. 카말라의 얼굴이 가까이에 있었다. 그때 그는 그녀의 눈 밑과 입가에서 새삼스럽고 분명하게 하나의 초조한 글자를 읽었다. 가는 선과 옅은 골이 진 문자, 가을과 늙음을 연상시키는 문자를. 과연 싯다르타도 이미 사십 고개를 넘어서서 어느덧 검은 머리 사이로 희끗희끗 흰머리가 눈에 띄었다. 카말라의 아름다운 얼굴에는 피로의 빛이 보였다. 피로감과 이울기 시작한 모습, 미처 말하지 않고 감추었던 초조감, 어쩌면 지금껏 의식하지 못했던 초조감이 얼굴에 쓰여 있었다. 즉 늙음에 대한 두려움, 가을에 대한 두려움, 필연적인 죽음에 대한 두려움이었다. 한숨을 내쉬며 그는 카말라와 작별을 했다. 언짢은 기분, 말할 수 없는 초조감을 가슴 가득 안고서.

그날 밤 싯다르타는 자기 집에 술상을 차리고 무희들을 불러들여 지내며, 동료들에게 이미 잃어버린 우월자의 허세를 부렸다. 그는 술을 잔뜩 먹고 자정이 훨씬 지나서 잠자리를 찾았다. 피곤하면서도 흥분하여, 절망과 울고 싶은 심정에 사로잡혀 있었다. 그래서 한참을 엎치락뒤치락 잠을 이루지 못하고 참을 수 없는 처참함, 혐오감에 빠져들었다. 그 혐오감은, 마치 미지근하고 구역질나는 술 냄새처럼, 지나치게 달콤하고 퇴폐적인 음악처럼, 너무나 요염한 무희들의 웃음처럼, 무희들의 머리와 젖가슴에서 나는 강렬한 향내처럼 그를 들쑤셨다.

하지만 그는 무엇보다도 자기 자신에 대해, 자신의 향내 나는 머리털, 입에서 나는 술 냄새, 피부의 느즈러진 피로감과 불쾌감을 혐오했다. 마치 과식하고 과음한 자가 고통스러운 나머지 토해내고 홀가분함을 느끼려 하듯이, 싯다르타는 잠을 이루지 못하고 이 향락에 대한, 악습에 대한, 온통 무의미한 생활과 자기 자신에 대한 엄청난 혐오감의 물결에서 빠져나오기를 갈망했다. 아침의 첫 햇살이 비쳐들고 집 앞 거리에서 분주한 아침 활동이 시작되었을 때에야 비로소 간신히 눈을 붙였다. 그리고 반쯤 몽롱한, 일종의 잠이라고 할 수 있는 상태에 잠시 빠져들었다. 이 순간 그는 꿈을 꾸었다.

카말라는 황금 새장 속에다 노래를 잘하는 웬 작고 진기한 새 한 마리를 길렀다. 싯다르타는 이 새 꿈을 꾸었다. 꿈 내용은 이랬다. 새가, 아침마다 잘 울던 이 새가 벙어리가 되었다. 싯다르타는 이상한 생각이 들어 새장으로 다가가 들여다봤는데, 작은 새는 죽어서 빳빳해진 채 바닥에 나자빠져 있었다. 그는 새를 끄집어내어 손에 잡고 잠시 흔들어보다가 길가로 내던져버렸다. 그 순간 그는 무서울 정도로 놀랐다. 심장이 찢어지듯 아파왔다. 마치 죽은 새와 함께 자신의 모든 가치와 재산을 내던진 것만 같았다.

꿈에서 깨어나자 싯다르타는 깊은 비애에 사로잡혔다. 무가치한 삶을, 무가치하고 무의미한 삶을 살아왔다는 생각이 들었다. 생명감 있는 그 무엇도, 소중한 그 무엇도, 또는 보존할 가치 있는 그 무엇도 그의 손안에는 남아 있지 않았다. 파선당한 사람이 강가에 서 있듯이 혼자서 빈 몸으로 그렇게 서 있었다.

침울한 마음으로 싯다르타는 자기 소유의 비원으로 들어서서 출입문을 잠그고 망고나무 아래 주저앉았다. 그의 심장에서는 죽음이, 가슴속에서는 공포가 느껴졌다. 그는 그렇게 앉아서 자기 내부에서 뭔가가 죽어가고 있음을, 시들어 종말을 향해 가고 있음을 느꼈다. 그는 서서히 생각을 가다듬고 자기가 기억해낼 수 있는 첫날부터 지금까지 자신이 걸어온 전 생애를 다시 한번 머릿속으로 정리해봤다. 도대체 언제 행복이라는 것을 체험했으며, 참된 희열을 맛보았던가? 오오, 그렇다, 상당히 여러 번 체험했다. 소년 시절, 브라만에게서 칭찬을 들었을 때, 성구(聖句)를 암송하고 학자들과 토론을 벌이고 제사 때 선배들을 훨씬 앞질러 조수 노릇을 빼어나게 했을 때, 그런 기쁨을 맛보았다. 그때 그는 마음속으로 이렇게 느꼈다.

'나면서부터 정해진 하나의 길이 네 앞에 놓여 있다. 신들이 너를 기다린다.'

그리고 청년 시절에도 역시 그랬다. 끊임없이 높은 곳을 향해 치닫는 목표에 동료들보다 눈에 띄게 가까워졌을 때, 범(梵)의 의미를 알고자 고통 속에서 부심할 때, 얻은 지식이 번번이 그의 내부에 새로운 갈망을 부채질할 때, 그 갈망 속에서도, 그 고통 속에서도, 그는 역시 소년 시절과 같은 기쁨을 느꼈다.

"앞으로! 앞으로! 너는 타고난 사명을 지닌 자다."

고향을 떠나 사문의 생활을 선택했을 때, 다시금 사문을 떠나 저 완성자에게로 갔을 때, 그리고 다시금 그를 떠나 알 수 없는 곳을 향해 길을 걸었을 때, 그는 이런 음성을 들었다. 그러고 나서 얼마나 오랫동안 이 음성을 듣지 못했는지, 얼마나 오랫동안 진보도 없고 평탄하고 황량한 길을 걸어왔는지! 높은 목표도 없이, 갈망도 없이, 비약도 없이, 사소한 쾌락에 만족하며, 그러면서도 한 번도 만족한 적이 없이 살며 얼마나 오랜 세월이 흘렀는지! 이 몇 해 동안 내내 그는 이런 사실을 깨닫지도 못한 채, 무수한 소인배의 한 사람이 되려고 원하며 애쓰면서 살아왔다. 하지만 그러는 가운데 그의 생활은 그들의 생활보다 한결 가난하고 비참해졌다. 그들의 목표는 그의 목표가 아니고 그들의 걱정은 그의 걱정이 아니었기 때문이요, 카마스바미와 같은 인간의 세계는 그에게 온통 하나의 유희, 관람하는 유희, 일종의 코미디에 불과했기 때문이다. 오로지 카말라만이 그에게는 사랑스럽고 가치 있는 존재였다. 하지만 지금도 여전히 그러한가? 그는 아직도 그녀를, 그녀는 그를 필요로 하는가? 그들은 끝없는 유희를 즐긴 게 아닌가? 유희를 위해 사는 게 필요할까? 아니다, 필요하지 않다! 이 유희야말로 윤회다. 어린아이들의 놀음, 아마도 한 번, 두 번, 열 번은 재미있게 놀 수 있는 놀음이다. 하지만 끊임없이 거듭 되풀이된다면?

그때 싯다르타는 깨달았다. 유희가 끝났다는 것을, 이런 유희를 더는 계속할 수 없다는 것을. 온몸에 전율이 흘렀다. 그의 내부에서 뭔가가 죽었다는 것을 느꼈다.

그날 하루 종일 싯다르타는 망고나무 아래 앉아 아버지를, 고빈다를, 고타마를 생각했다. 한낱 카마스바미 같은 인간이 되려고 그들을 떠났단 말인가? 싯다르타는 밤이 되도록 그대로 앉아 있었다. 눈을 들어 별을 바라보면서 생각했다.

'여기, 나는 나의 비원 안, 나의 망고나무 아래 앉아 있구나.'

그는 조용히 웃음 지었다. 대체 그가 망고나무를, 정원을 소유하다니, 이게 필요하고 올바른 일일까? 한낱 어리석은 장난은 아닐까?

싯다르타는 그것에도 결별을 고했다. 그것 역시 그 안에서 죽었다. 그는 몸을 일으켜 망고나무와 작별했다. 정원과도 작별했다. 하루 종일 먹지 않은 채여서 굉장히 배가 고팠다. 그는 시내에 있는 자기 집과 침실과 침대를, 음식이 놓인 식탁을 생각했다. 그는 피곤한 듯 웃음을 짓고 몸을 부르르 떨더니 이 모든 물건과 작별을 고했다.

그날 밤 싯다르타는 자기 정원을 떠났다. 그 도시를 떠났다. 그러고는 다시는 돌아오지 않았다. 카마스바미는 싯다르타가 도적 떼한테 잡혀간 줄 알고 한동안 그를 수소문했다. 카말라는 그를 찾으려 들지 않았다. 싯다르타가 사라졌다는 소식을 들었을 때 카말라는 놀라지 않았다. 언제라도 이런 일이 일어나리라고 항시 예견하지 않았던가? 싯다르타는 역시 한 사문, 집 없는 자요, 순례자가 아니었던가? 마지막으로 만났을 때 이렇게 되리라는 것을 더없이 뚜렷이 느꼈다. 그리고 그를 잃는 고통 가운데서도 마지막으로 그를 그토록 긴밀히 가슴 깊숙이 껴안아본 것이, 다시 한번 그토록 완벽하게 그의 것이 되었음을 가슴 깊이 느낀 것이 그나마 기뻤다.

싯다르타가 사라졌다는 소식을 듣자, 카밀라는 진기한 새가 갇혀 있는 황금 새장을 매달아둔 창 앞으로 다가섰다. 그녀는 새장 문을 열고 새를 꺼내 날려 보냈다. 그리고 날아가는 새를 한참 동안 바라다봤다. 이날부터 카말라는 문을 닫고 손님을 받지 않았다.

얼마 지나지 않아 그녀는 싯다르타와 마지막 만났을 때 임신이 되었다는 사실을 깨달았다.

강변에서

싯다르타는 어느덧 도시에서 멀리 떨어진 숲속을 방황했다. 그리고 이제는 다시 되돌아갈 수 없음을, 지금껏 여러 해 동안 누려온 생활은 끝나버렸음을, 구역질날 만큼 맛보고 흡수했음을 자각할 뿐이었다. 그가 꿈꾸었던, 노래하는 새는 죽었다. 그의 마음속 새는 죽었다. 마치 스펀지(海綿)가 물을 흠뻑 빨아들이듯이, 그는 윤회 속에 깊숙이 얽혀들어 사방에서 혐오감과 죽음을 흡수했다. 권태감과 비참과 죽음으로 흠뻑 차 있었다. 이제 이 세상에는 그를 매혹시키고, 기쁘게 하고, 위로해주는 것은 아무것도 존재하지 않았다.

더는 자신에 관해 알고 싶지 않다는, 편안히 쉬고 싶다는, 죽고 싶다는 소망으로 가득 찼다. 벼락이라도 떨어져 죽었으면! 호랑이라도 나타나 잡아먹어주었으면! 망각과 잠에 마취시켜 다시는 깨어나지 않게 하는 술이라도, 독약이라도 있었으면! 대체 내가 미처 물들지 않은 어떤 더러운 물건이 어디에 남아 있을까? 내가 저지르지 않은 죄악과 어리석음, 내가 디뎌보지 않은 영혼의 황무지가 어디에 남아 있을까? 대체 산다는 것이 아직도 가능할까? 대체 거듭해서 숨을 들이쉬고 내쉬며 배고픔을 느끼고, 다시금 먹고, 다시금 잠을 자고, 다시금 여자 옆에 눕는 일이 가능할까? 이러한 윤회의 바퀴는 돌 대로 돌아 기운을 다하여 멎어버린 것이 아닐까?

싯다르타는 숲 근처 큰 강가에 당도했다. 일찍이 그가 청년이었을 적에, 고타마가 있는 도시에서 떠나오면서 어느 뱃사공한테 건네달라 했던 바로 그 강가였다. 싯다르타는 강가에 와서 걸음을 멈추고 주저하며 서 있었다. 피로와 허기로 그는 쇠약해져 있었다. 그런데 대체 무엇 때문에 계속 걸어가야 할까? 대체 어디로, 무슨 목적으로 더 걸어가야 하나? 아니, 이제는 아무 목적도 없었다. 온통 혼란스러운 꿈을 털어내버리고, 김 빠진 술을 토해내버리고, 비참하고 수치스러운 생활을 끝장내고 싶은, 깊고 비통한 갈망뿐이었다.

강 언덕에는 야자수가 한 그루 늘어져 서 있었다. 싯다르타는 야자수 밑동에 어깨를 대고 팔로 그 밑동을 얼싸안고는 푸른 강물을 내려다봤다. 강물은 그의 밑에서 유유히 흘렀다. 그는 강물을 내려다보며 풍덩 떨어져 물속에 빠지고 싶은 충동을 뭉클 느꼈다. 몸서리쳐지는 무서운 공허가 물속에서 반사되어 그를 향해 왔고, 그의 영혼 안에 자리 잡은 무서운 공허가 거기에 응답했다. 그렇다, 그는 끝에 와 있었다. 자신을 소멸시켜버리고, 그의 삶의 실패한 형상을 때려부수어 냉소하는 신들의 발 앞에 내던져버리는 수밖에 다른 방도는 없었다. 이것이 그가 간절히 원하는 대파국(大破局)이었다. 죽음이, 곧 그가 미워하는 형상을 파괴하는 것이! 물고기들이 뜯어먹어주었으면! 이 개 같은 싯다르타를, 이 미친 놈을, 이 더럽고 썩어빠진 몸뚱이를, 이 무기력하고 오용(誤用)된 영혼을! 물고기와 악어들이 뜯어먹고 악마들이 몰려와 찢어버렸으면! 싯다르타는 찌푸린 얼굴로 물속을 응시하며 물에 비친 자기의 얼굴을 바라보고 그 위에 침을 뱉었다. 깊은 피로에 겨워 나무 밑동을 안았던 팔을 풀고는, 곧장 아래로 떨어져 영원히 물속으로 잠적하려고 몸을 약간 돌렸다. 그리고 두 눈을 감고 죽음을 향해 가라앉았다.

그때 문득 영혼의 동떨어진 한 모퉁이에서, 권태로웠던 삶의 과거에서 한마디 울림이 들려왔다. 그 울림은 한 음절로 된 한 마디 말이었다. 아무런 사고(思考)가 끼어 있지 않은 채 저절로 울려나오는 소리, 모든 브라만의 기도의 첫소리요 마지막 소리인 신성한 말, '완전한 것' 또는 완성된 것을 의미하는 '옴'이라는 소리였다. 이 '옴'이라는 울림이 싯다르타의 귀를 건드리자, 그 순간 졸고 있던 정신이 문득 깨어나면서 자기 행동의 어리석음을 인식하게 되었다.

싯다르타는 소스라치게 놀랐다. 어쩌자고 죽음을 취하려 할 만큼, 자기의 육신을 소멸시켜 안식을 취하려는 이런 어린애 같은 소원을 품을 만큼 타락하고 방황하며 무지해졌단 말인가! 지금까지 그 모든 고통과 환멸, 절망이 가져다줄 수 없었던 것을 지금 이 순간이 이루어주었다. "옴!"이라는 한마디 말이 불행과 미망에서 자신을 인식하도록 그를 각성시켰다.

"옴!" 하고 그는 혼잣말로 읊었다.

"옴!"

그리고 그는 범(梵)을 의식했다. 생명의 불멸성을 의식했다. 지금까지 있었던 모든 신적인 것을 다시금 의식했다.

하지만 이는 다만 한순간, 찰나의 일이었다. 싯다르타는 피로에 못 이겨 야자수 밑에 쓰러졌다. "옴"을 읊으면서 나무 밑동을 베개 삼아 깊은 잠에 빠졌다.

그는 꿈도 꾸지 않고 깊은 잠에 빠졌다. 몇 년 이래로 이런 숙면에 빠진 적이 없었다. 몇 시간이 지난 후 잠에서 깨어났고 마치 10년의 세월이 흐른 듯한 생각이 들었다. 강물 흐르는 소리가 나직이 들려왔다. 여기가 어디며 어떻게 해서 여기까지 흘러왔는지 알 수 없는 상태로 눈을 떴다. 그리고 의아한 시선으로 나무와 하늘을 올려다보고, 여기가 어디며 어떻게 해서 여기에 오게 되었는지를 기억하려 했다. 하지만 한동안 생각해도 잘 기억이 나지 않았다. 과거의 일이 베일을 친 듯이 아물아물하게, 끝없이 아득하고 끝없이 동떨어진 것으로, 끝없이 상관없는 것으로 느껴졌다.

그는 다만 자기가 지금까지의 자기 생(의식이 되돌아온 처음 순간에는 지금까지 자기 생이 마치 아득히 물러가버린 과거의 화신처럼, 현재 자아의 전생처럼 생각되었다)과 결별했다는 것, 혐오감과 비참한 느낌에 못 이겨 자신의 생명을 내던져버리려 했다는 것, 하지만 강가 야자

수 밑에서 '옴'이라는 성스러운 말을 입술에 올리며 제정신을 차렸다가 잠이 들었다는 것, 그리고 이제 그 잠에서 깨어나 새로운 인간으로서 세상을 바라본다는 것을 의식할 뿐이었다. 그는 자기를 잠들게 한 '옴'이라는 말을 혼자 나직이 되뇌었다. 그리고 방금 자기가 취한 긴 잠〔睡眠〕 전체가 바로 긴 시간 동안 가라앉은 '옴'의 부름이요, '옴'의 사고(思考)요, 이름 지을 수 없는 경지, 완성된 경지인 '옴' 안으로 침잠하여 완전하게 빠져 들어가는 상태였다는 생각이 들었다. 그것은 얼마나 놀랄 만큼 신비로운 잠이었던가? 그토록 상쾌한 느낌을 주고, 새로움을 주고, 회춘을 느끼게 해주는 잠을 이루어본 적이 일찍이 한 번도 없지 않았던가! 어쩌면 참으로 그는 죽었고, 소멸되었다가 새로운 형상으로 재생한 게 아닐까? 하지만 아니었다. 그는 자기 자신을 잘 알았다. 자신의 손과 자신의 발을 알았다. 자기가 누워 있던 장소를 알았다. 그리고 자기 가슴속의 자아를, 싯다르타를, 이 고집스러운 기인(奇人)을 알았다. 하지만 어쨌든 싯다르타는 변했다. 새로워졌고, 신비스럽게 잠을 잔 후 기쁨과 호기심에 차서 신비스럽게 깨어났다. 싯다르타는 몸을 일으켰다. 그때 그는 어떤 사람이 자기 건너편에 앉아 있는 것을 보았다. 웬 낯선 사람, 까까머리에 누런 빛깔 가사를 입고 참선의 자세를 취한 승려였다. 싯다르타는 머리털도 수염도 없는 이 승려를 유심히 바라봤다. 그리고 그렇게 바라보다가 잠시 후, 이 승려가 청년 시절 그의 친구, 지존 붓다에게 귀의한 고빈다라는 걸 알아봤다. 고빈다는 늙어 있었다. 그 점은 싯다르타도 마찬가지였다. 하지만 고빈다의 얼굴에는 옛 모습이 그대로 남아서 열의와 충직함, 탐구심, 고지식함을 그대로 말해주었다. 하지만 고빈다가 싯다르타의 시선을 느끼고 눈을 들어 마주 보았을 때, 싯다르타는 고빈다가 자기를 알아보지 못한다는 사실을 알았다. 고빈다는 그가 깨어난 것을 보고 기뻐했다. 오랫동안 그곳에 앉아, 누구인지 알아보지는 못했을지언정 싯다르타가 깨어나기를 기다린 게 분명했다.

"나는 잠이 들어 있었소. 대체 당신은 어떻게 여기에 오셨소?"

싯다르타가 말했다.

"당신은 잠들어 있었소."

고빈다가 대답했다.

"이런 데서 잠이 드는 건 좋지 않소. 뱀이며 숲속의 야수들이 자주 나타나지요. 친구여, 나는 세존 고타마, 붓다 샤아캬무니의 제자 중 한 사람이오. 마침 우리 순례 일행과 함께 이곳을 지나다가 당신이 이렇게 위태로운 장소에서 누워 주무시는 것을 보았소. 그래서 당신을 깨우려고 했지요. 오오, 친구여, 그런데 당신이 너무나 깊은 잠에 빠져 있어 나는 일행에서 혼자 처져서 당신 곁에 앉아 있었소. 그런데 잠자는 당신을 지키려던 내가 정작 잠든 모양이오. 피로에 못 이긴 나머지 내가 맡은 바 일을 못 했소이다. 그렇지만 이제 당신이 깨어났으니, 나는 빨리 내 일행을 좇아가야겠소."

"사문이시여, 잠자는 나를 지켜주시어 감사하오. 당신들 지존의 제자들은 친절하시군요. 그럼 가보시지요."

싯다르타는 말했다.

"친구여, 그럼 나는 가겠소이다. 항상 건강하시기를 축원하오."

"감사하오, 사문이시여."

"안녕히 계십시오."

고빈다가 경의를 표하며 말했다.

"안녕히 가시오, 고빈다."

싯다르타가 말했다.

승려는 그 자리에 우뚝 섰다.

"실례지만, 친구여, 어떻게 내 이름을 아시오?"

그러자 싯다르타는 웃음을 지었다.

"오오, 고빈다, 나는 당신을 알고 있소. 당신 아버지의 초막 시절부터, 브라만의 학교 시절부터, 제사를 올릴 때부터, 우리가 같이 사문의 길을 걸을 때부터, 그리고 거룩한 기원에서 당신의 지존께 귀의하던 그때부터 알았소."

"자네 싯다르타군!"

고빈다가 큰 소리로 외쳤다.

"이제야 자네를 알아보겠네. 어째서 바로 알아보지 못했는지 알 수 없네그려. 반갑네, 싯다르타. 자네를 다시 보는 내 기쁨은 말할 수 없네."

"나 역시 자네를 다시 보게 되어 기쁘네. 하여튼 자는 동안 지켜주어 다시 한번 감사하네. 사실 나는 아무 보호도 바라지 않네만. 어디로 가는가? 오오, 친구여."

"어디 정해진 곳은 없네. 우리 승려들은 장마철만 아니면 언제나 어디론가 가는 중일세. 언제든지 우리는 이곳에서 저곳으로 옮아가며 계율을 좇아 살며 설법을 전파하고, 시주를 받고, 그리고 다시 옮아가는 생활을 하네. 끊임없이 그렇게 살고 있지. 그런데 싯다르타, 자네는 어디로 가는 중인가?"

싯다르타가 말했다.

"나 역시 자네와 같은 처지일세, 친구여. 어디라고 정해진 곳은 없네. 나는 항상 도중에 있을 뿐이네. 순례의 길을 걷는 거지."

고빈다가 말했다.

"자네는 순례하고 있다고 말했지. 나는 믿네. 그렇지만 용서하게, 싯다르타. 자네는 순례자의 행색은 아닐세그려. 자네는 부자의 옷을 입고 귀족의 신을 신었네. 향내를 풍기는 머리털도 순례자의 머리털은 아닐세. 사문의 머리털은 아닐세."

"자네 말이 옳아. 친구여, 잘 보았네. 자네의 날카로운 눈은 모든 것을 보고 있네. 하지만 나는 내가 사문이라고 말하지는 않았네. 나는 그저 순례의 길을 걷는다고 했네. 그리고 사실이 그렇다네. 나는 순례의 길을 걷고 있네."

"자네가 순례의 길을 걷는다고."

고빈다가 말했다.

"그렇지만 그런 옷차림으로, 그런 신을 신고, 그런 머리로 순례하는 사람은 아마 없을 걸세. 벌써 여러 해를 순례의 길을 다녔지만 그런 순례자는 만난 적이 없네."

"자네 말이 옳네, 나의 고빈다. 하지만 오늘 자네는 그런 신을 신고, 그런 옷차림을 한 순례자를 만난 걸세. 기억하게 친구여, 형상의 세계는 무상하다는 것을. 우리의 의복, 머리 모양, 머리털과 육신 자체는 무상하다네. 말할 수 없이 무상하다네. 지금 나는 부자의 옷을 입고 있네. 자네가 바로 보았네. 내가 부자의 옷을 입은 것은 사실 내가 부자였기 때문일세. 그리고 나는 속세의 탕아들과 같은 머리 모양을 하고 있네. 바로 내가 그런 속인의 한 사람이었기 때문이네."

"그럼, 싯다르타, 지금의 자네는 무엇인가?"

"모르겠네. 자네가 모르듯이 나도 알 수 없네. 나는 지금 도중에 있는 걸세. 나는 부자였지만 지금은 아니네. 내일 내가 무엇이 될지는 지금 알 수 없네."

"그럼 자네는 부(富)를 잃어버렸는가?"

"나는 부를 잃어버렸네. 아니 부가 나를 잃어버렸는지 모르지. 어쨌든 부는 나를 떠났네. 형상의 바퀴는 빨리 돈다네, 고빈다. 브라만인 싯다르타는 어디 있는가? 사문인 싯다르타는 어디 있는가? 부자인 싯다르타는 어디 있는가? 무상한 것은 빨리 변하네. 고빈다, 자네도 그걸 알 걸세."

고빈다는 젊은 시절의 친구를 의혹이 실린 눈으로 한동안 바라보았다. 그러고 나서 고귀한 사람에게 경의를 표하듯이 인사를 하고는 떠나갔다.

싯다르타는 웃음 띤 얼굴로 친구의 뒷모습을 바라봤다. 그는 여전히 변함없이 성실한 친구, 이 고지식한 친구를 사랑했다. 그리고 이 순간에, 그토록 신비스러운 잠을 자고 난 이 장려한 시간에, '옴'

으로 충만해진 그가, 어찌 그 누구인들, 그 무엇인들 사랑하지 않을 수 있으랴! 모든 것을 사랑하게 된 것, 눈에 띄는 모든 것에 혼연한 사랑이 충만하게 된 것, 이 점이야말로 잠을 자며 '옴'을 통해 싯다르타에게 일어난 신비로운 마술이었다. 그리고 그 마술 덕에 지금의 싯다르타는 과거의 자기가 너무나 심하게 병들어서 아무것도, 그 누구도 사랑할 수 없었던 거라고 생각하게 되었다.

웃음 띤 얼굴로 싯다르타는 떠나가는 승려의 뒷모습을 바라봤다. 잠은 그를 퍽 건강하게 해주었지만 배고픔으로 몹시 괴로웠다. 사실 그는 이틀 동안이나 완전히 굶었고, 굶주림에 단련되었던 때는 까마득한 시절이었다. 아픈 마음으로, 그러면서도 웃으면서 그 시절을 떠올렸다. 그 당시, 그는 카말라 앞에서 세 가지 자랑을 했고, 사실상 귀하고 아무나 극복할 수 없는 세 가지 기술인 단식과 인내와 사고(思考)를 행할 수 있지 않았던가. 그는 그런 것을 회상했다. 그 세 가지는 그의 재산이었다. 그의 힘이요, 능력이요, 단단한 지주(支柱)였다. 부지런하고 고통스럽던 젊은 시절에 그가 습득한 것은 이 세 가지 기술뿐, 다른 아무것도 없었다. 그런데 지금은 그것들이 그를 떠나버렸다. 단식도, 인내도, 사고도, 그 아무것도 남지 않았다. 하잘것없기 짝이 없는 것을 위해 그 기술들을 내버리지 않았던가! 말할 수 없이 덧없는 것을 위해, 관능적인 쾌락을 위해, 안락한 생활을 위해, 부귀를 위해서 말이다. 실로 그가 걸어온 길은 야릇했다. 그리고 지금에 와서는 그야말로 자신이 한낱 소인이 되어버린 것 같은 기분이었다.

싯다르타는 자기가 처한 상황을 곰곰이 생각해봤다. 생각하는 것이 지금의 그에게는 힘이 들었고, 근본적으로 생각할 기분이 나지 않았다. 그래도 억지로 생각을 강행했다.

그는 이런 생각을 했다. 이제 모든 덧없는 일들이 내게서 떨어져 나간 지금, 나는 일찍이 어린 시절 그랬던 것처럼 다시금 태양 아래 서 있다. 이제 내 것은 아무것도 없고, 내게는 아무런 가능성도 없으며, 나는 아무런 능력도 없고, 아무것도 배운 것이 없다. 이 얼마나 이상한 일이냐! 이미 젊음은 가버린 지금, 머리는 반백이 되고 기운은 쇠한 지금에 와서 다시금 처음부터 어린애가 되어 시작하다니! 그는 다시금 웃지 않을 수 없었다. 그렇다, 그의 운명은 야릇했다! 그는 이제 내리막길로 접어들었다. 그런데 지금에 와서 다시금 빈 몸으로 발가벗은 채 어리석은 모습으로 세상에 서 있었다. 하지만 그는 그 점에는 비애를 느끼지 않았다. 아니, 오히려 웃고 싶은 충동을 강렬히 느꼈다. 자기 자신에 대해, 이 야릇하고 어리석은 세상에 대해 웃고 싶은 충동을.

"너는 내리막길로 접어들었다!"

그는 자신을 향해 말하며 웃었다. 그리고 그 말과 동시에 그의 시선이 강물 위로 떨어졌다. 그러자 거기에 강물 역시 내리막길로 흘러가는 모습이 눈에 비쳤다. 강물은 아래로 흘러가며 유쾌하게 노래를 했다. 그런 광경에 마음이 흡족했다. 그는 강물을 향해 정답게 웃음을 던졌다. 이 강이야말로 그가 빠져 죽으려 한 바로 그 강이 아니던가! 일찍이 백 년 전 일이었던가? 아니 꿈을 꾸었던가!

실로 나의 생애는 기묘했다, 기묘하게 우회한 생애였다고 싯다르타는 생각했다. 소년 시절, 나는 오직 신들을 섬기며 제사하는 일로 지냈다. 청년이 되어서는 오로지 고행과 사고와 참선만을 일삼고, 범(梵)을 추구하며 아트만 속의 영원성을 숭상했다. 장년 시절에는 참회자들을 좇아 숲속에 살며 더위와 추위를 견디며 굶는 것을 익히고 나의 육신에게 서서히 죽는 것을 가르쳤다. 그러고 나서 붓다의 가르침에서 불가사의하게 깨달음을 얻었다. 내 몸의 혈액처럼, 세계의 단일성에 대한 인식이 내 안에서 순환하는 것을 느꼈다. 하지만 이 붓다에게서, 위대한 인식에서 다시금 떠나지 않을 수 없었다. 나는 그곳을 떠나 카말라에게 가서 애욕을 배웠고, 카마스바미에게서 장사를 배워 돈을 모으고 돈을 낭비했으며, 내 배〔胃〕를 사랑하고 관능에 아첨하기에 이르렀다. 그렇게 나는 정신을 상실하고, 사색을 잊어버리고, 단일성을 망각한 채, 오랜 세월을 흘려 보냈다. 그것은 곧 서서히 커다랗게 우회하며 인간에서 어린아이로, 사상가에서 소인배로 변해온 과정이 아닌가? 어쨌든 간에 이 길은 퍽 좋았다. 어쨌든 간에 내 가슴속의 새는 죽지 않았다. 하지만 그 길은 대체 어떤 길이란 말인가? 나는 오로지 다시금 어린아이가 되기 위해 그래서 새로이 시작하기 위해 그토록 엄청난 어리석음을 저지르고, 그토록 엄청난 악덕을 행하고, 그토록 엄청난 혐오감과 실망과 비애를 겪을 수밖에 없었다. 하지만 새로이 시작할 수 있다는 것은 올바른 일이었다. 나의 심장은 거기에 긍정의 답을 하고, 나의 눈은 거기에 웃음 짓는다. 이렇게 은총을 체험하기 위해, 다시금 '옴'을 들기 위해, 다시금 올바로 잠자고 올바로 깨어나기 위해, 나는 절망을 체험할 수밖에 없었고 모든 생각 중에 가장 어리석은 생각인 자살에까지 빠져들었다. 나는 나의 내부에서 다시금 아트만을 찾기 위해 어리석은 자가 될 수밖에 없었다. 이제 나의 길은 어디로 나를 이끌어갈 것인가? 그 길은 상궤(常軌)를 잃은 길이다. 그 길은 고리 모양을 그리고 있다. 어쩌면 원을 그리며 가는지 모른다. 그 길이 어떻게 가든, 나는 그 길을 따라가련다.

불가사의하게도 그는 가슴속에 용솟음치는 기쁨을 느꼈다. 그는 자신의 마음을 향해 물었다. 대체 어디에서, 어디에서 이 기쁨이 오는 것이냐? 나를 그토록 상쾌하게 한, 길고 기분 좋았던 잠에서 오는 걸까? 아니면 내가 입에 올린 '옴'이라는 말에서 오는 걸까? 아니면 내가 빠져나왔다는 것, 나의 도피가 완성되었다는 것, 나 자신이 마침내 다시금 자유로워져서 어린아이처럼 하늘 아래 서 있다는 사실에서 오는 걸까? 오오, 이 도피, 자유로워진 상태란 얼마나 좋으냐! 여기의 공기는 이토록 아름답고 순수하며 얼마나 마시기 좋으냐! 내가 도망쳐 나온 곳, 그곳에서는 모든 것에서 향유 냄새, 향료 냄새, 포만과 타성의 냄새가 풍겼다. 이 부자의 세계, 식도락가의 세계, 도박꾼의 세계를 나는 얼마나 증오했던가! 이 끔찍스러운 세계 속에 그토록 오래 머문 나를 얼마나 미워했던가! 얼마나 나 자신을 미워하고, 버리고, 해치고, 괴롭히고, 늙게 하고, 악하게 만들었던가! 아니, 일찍이 쉽게 그렇게 여겼듯이, 싯다르타가 현명하다는 망상을 다시는 갖지 않을 것이다! 하지만 이제 나 자신에 대한 증오심에, 그리고 그 어리석고 황량한 생활에 종지부를 찍은 것은 잘한 일이요, 기쁜 일이요, 칭찬할 일이었다. 싯다르타, 나는 너를 칭찬한다. 그토록 오랜 어리석음의 세월을 보낸 후 다시 한번 깨달음에 접했음을! 너는 무엇을 행한 것이다. 너의 가슴속에서 우는 새소리를 듣고 그것을 좇은 것이다!

이렇게 싯다르타는 자신을 칭찬했다. 자신에게 기쁨을 느꼈다. 그리고 굶주림으로 꾸르륵대는 자기 위장의 소리를 신기하게 들었다. 한 조각의 고통, 한 조각의 불행을 이 몇 날 동안에 철두철미하게 맛보고 토해낸 것처럼, 그리하여 절망과 죽음에 이르기까지 씹어 삼킨 것처럼 느껴졌다. 그러나 그것은 좋은 일이었다. 그렇지 않았다면 그는 아직도 카마스바미 곁에 머무르며 돈을 끌어모으고 탕진하며, 배를 기름지게 하고 영혼을 목마르게 했을 것이다. 아직도 그 안락하고 푹신한 지옥 속에서 살고 있었을 것이다. 만약에 이런 순간이 없었더라면 완전히 위안을 잃은 절망의 순간, 흐르는 강물에 빠져 죽어버리려고 작정한 그 극단의 순간이 없었더라면 말이다. 이런 깊은 혐오감을 느꼈다는 것, 그 혐오감에 굴하지 않았다는 것, 그의 내부의 즐거운 음성이요 원천인 새〔鳥〕가 아직도 살아 있다는 것, 이런 점에 대해 그는 기쁨을 느꼈고 웃음 지었으며, 반백이 된 얼굴이 즐거움으로 빛났다.

'필연적으로 알아야 할 모든 것을 스스로 맛보는 것은 좋은 일이다.'

그는 생각했다.

'세속적인 쾌락과 부유가 좋은 것이 아님을 나는 이미 어린애일 적부터 배웠다. 그것을 안 것은 이미 오래전이지만 체험한 것은 비로소 지금이다. 그래서 지금 나는 그것을 안다. 오로지 머리로만이 아니라 나의 눈으로, 심장으로, 위장으로 안다. 그것을 안다는 것은 좋은 일이다!'

한참 동안 그는 자신의 변화에 대해 깊은 생각에 잠겼고 기쁨에 넘쳐 노래하는 새소리에 귀를 기울였다. 이 새는 그의 내부에서 죽지 않았던가? 그는 자신의 죽음을 느끼지 않았던가? 아니, 그의 내부에서는 다른 무엇이 죽어버린 것이다. 이미 오랫동안 죽기를 동경해온 그 무엇이. 그것은 일찍이 그가 뜨겁게 참회에 몰입하던 시절 죽이고자 한 바로 그것이 아니었던가? 그것은 그의 자아, 편협하고 불안하고 오만한 자아, 그것 때문에 그토록 오랜 세월 싸워왔지만 끊임없이 다시 정복당하고, 죽었는가 하면 번번이 다시 살아나 기쁨을 차단하고 두려움을 느끼게 만들던 그의 소아(小我)가 아니었던가? 여기 다정한 강가 숲속에서, 오늘 마침내 소아가 죽음을 찾은 것이 아닌가? 그가 지금 어린아이처럼 이토록 신뢰와 기쁨에 충만하여 아무런 두려움 없이 있게 된 것은 소아가 죽었기 때문이 아닌가?

이제 싯다르타는 왜 그가 브라만으로서, 참회자로서, 자아와 헛되이 싸워왔는가를 깨달았다. 너무나 많은 지식, 너무나 많은 성구(聖句), 너무나 많은 제사의 규범, 너무나 지나친 금욕, 너무나 지나친 실천과 노력이 자아를 죽이는 데 방해가 되었다! 그는 오만에 가득 차 있었다. 그는 항상 가장 현명한 자요, 항상 가장 열심인 자요, 항상 누구보다도 한 걸음 앞선 자요, 항상 지자(知者)이고 영적인 자요, 항상 승려이거나 현자였다. 이 승려라는 근성 속에, 오만 속에, 영적인 것 속에 자아가 웅크리고 확고하게 자리 잡고 앉아 자라났다. 그런데 단식과 참회로써 헛되이 자아를 죽이려고 애썼던 것이다. 이제 그는 알게 되었다. 가슴속의 음성이 옳았음을, 어떠한 스승도 자신을 가르침으로 구제할 수는 없음을. 자기 안의 승려와 사물을 죽이기 위해 그는 세상에 나가지 않을 수 없었고 쾌락과 권세, 여자와 돈에 자신을 잃어야만 했고, 장사꾼이 되고 도박꾼이 되고 주정꾼이 되고 탐욕자가 될 수밖에 없었다. 그리고 끝에 이르기 위해, 쓰디쓴 절망에 이르기 위해, 아울러 방탕아 싯다르타, 탐욕자 싯다르타가 죽을 수 있도록 끔찍스러운 몇 해를 견뎌야 했고 혐오감을, 황량하고 타락한 생활의 무의미와 공허를 견뎌야 했다. 그는 죽었다. 그리고 새로운 싯다르타가 잠에서 깨어났다. 깨어난 싯다르타 역시 늙을 것이다. 그 역시 언젠가는 죽어야 할 것이다. 싯다르타는 무상한 존재였다. 무릇 모든 형상은 무상했다. 하지만 오늘의 그는 젊고 어리며, 새로운 싯다르타이고, 기쁨으로 충만했다.

그는 그와 같은 생각을 하며, 웃음 띤 얼굴로 자신의 배 속에 귀를 기울이고 감사한 마음으로 벌처럼 붕붕거리는 소리를 들었다. 상쾌한 기분으로 흐르는 강물을 들여다봤다. 지금의 강물처럼 이토록 마음에 드는 강물을 일찍이 본 적이 없었다. 강물이 유유히 흐르는 소리와 모습이 그렇게 힘차고 아름다운 적이 없었다. 마치 이 강물이 어떤 특별한 무엇을, 그가 아직 알지 못하고 그를 아직도 기다리는 무엇을 말하는 것처럼 보였다. 이 강물 속에 싯다르타는 빠져 죽으려 했고, 과연 시달리고 절망에 빠진 옛 싯다르타는 강물 속에서 죽어버렸다. 하지만 이제 새로 태어난 싯다르타는 흐르는 강물에 깊은 사랑을 느꼈고 전처럼 쉽사리 이 강을 떠나지 않으리라고 결심했다.

뱃사공

'이 강에 나는 머물리라.'

이렇게 싯다르타는 생각했다. 이 강은 일찍이 내가 소인배들에게 가던 길에 건넜던 그 강이다. 그때 어떤 친절한 사공이 나를 건네다 주었지. 그 사람에게 가자. 일찍이 그 사람의 오두막집에서, 지금은 이미 낡고 죽어버린 삶이 되었지만 그때는 새롭게 보이던 삶의 길로 나는 인도되었다. 지금 나의 행로도, 지금 나의 새로운 삶도 그곳에서 출구를 찾을 수 있기를!

싯다르타는 사랑이 넘치는 시선으로 흐르는 물속을 들여다봤다. 투명한 초록빛을, 신비스러운 파문을 그리는 수정 같은 물결을 들여다봤다. 그는 물속에서 반짝이는 진주가 솟아오르는 것을, 잔잔한 물거품이 이는 수면 위로 푸른 하늘이 비치는 것을 보았다. 강물은 몇천의 눈으로 그를 바라봤다. 초록빛 눈으로, 흰빛 눈으로, 혹은 수정 같은 눈으로, 혹은 하늘빛 눈으로 바라봤다. 그가 얼마나 이 강물을 사랑하는지! 강물이 얼마나 그를 매혹시키는지! 그가 얼마나 강에 감사하는 마음인지! 그는 마음속에서 새로이 깨어나는 음성을 들었다. 그 음성은 그에게 이렇게 말했다. 이 물을 사랑하라! 이 물 곁에 남아 있거라! 물에서 배우라! 오오, 그렇다. 그는 물에서 배우고자 했다. 물소리에 귀 기울이고자 했다. 이 물과 물의 비밀을 이해하는 자는 많은 다른 것을, 많은 비밀을, 모든 비밀을 이해하리라는 생각이 들었다.

강의 많은 비밀 가운데에서 그는 오늘 또 한 가지를 보았고, 그 한 가지에 그의 영혼은 사로잡히고 말았다. 그는 보았다. 이 물은 흐르고 흐르며 영원히 흘러가지만 언제나 그곳에 있다는 것을! 그리하여 언제나 같은 물이지만 순간마다 새로운 물이라는 것을! 오오, 누가 그것을 포착하며 이해하랴! 싯다르타 역시 이해하지도 포착하지도 못했다. 다만 예감이 일어나는 것을, 아득한 기억이, 신성한 음성이 들려오는 것을 느낄 뿐이었다.

싯다르타는 일어섰다. 배고픔이 만든 배 속의 요동을 참을 수가 없었다. 그는 배고픔을 참으며 강변 길을 따라 강줄기를 거슬러 올라가며 물소리에 귀를 기울였다. 그리고 시장기로 배 속에서 꾸르륵대는 소리를 들었다.

나루터에 도착했을 때 마침 배가 기다리고 있었다. 그리고 일찍이 젊은 사문 싯다르타를 건네주었던 같은 뱃사공이 배 위에 서 있었다. 싯다르타는 그를 알아봤다. 사공 역시 퍽 늙은 모습이었다.

"나를 건네주시겠습니까?"

싯다르타가 물었다.

사공은 그토록 고귀한 모습의 남자가 혼자서, 그것도 맨발로 선행색을 보고 놀라면서 그를 배에 태워 나루터를 떠났다.

"당신은 참 좋은 생활을 택하셨소."

이렇게 손님이 말했다.

"매일처럼 이 물에서 살며 물 위를 오가는 것은 분명히 참으로 좋은 일일 겁니다."

사공은 웃음을 띤 채 노를 저었다.

"손님 말씀대로 좋은 일이지요. 그렇지만 모든 삶이 다 그렇지 않을까요? 모든 일이 아름답지 않을까요?"

"그럴지 모르지요. 하지만 나는 당신의 일이 부럽소."

"아, 그러나 당신 같으신 분은 곧 흥미를 잃어버릴 겁니다. 이 일은 좋은 옷을 입은 사람들한테는 어울리지 않지요."

싯다르타는 웃었다.

"아까도 나는 내 옷 때문에 오해를 받았지요. 사공이여, 나를 성가시게 하는 이 옷을 나한테서 가져가지 않으시겠소? 사실 나는 지불할 뱃삯조차 없는 몸이라는 걸 말하지 않을 수가 없소이다."

"농담이시겠지요."

뱃사공은 웃었다.

"농담이 아닙니다. 친구여, 이거 보십시오. 이미 언제였던가 당신은 호의로 삯을 받지 않고 나를 배에 태워 강을 건네준 적이 있었습니다. 오늘도 그렇게 하시지요. 그 대신 내 옷을 받으십시오."

"그럼 손님께서는 옷을 안 입고 어떻게 계속 길을 떠나시렵니까?"

"아아, 나는 계속 길을 떠나려는 생각이 조금도 없습니다. 사공이여, 만약 당신의 헌 옷이라도 한 벌 주시고 당신의 조수로 곁에 머무르게 해주신다면 제일 좋겠습니다. 아니, 차라리 당신의 제자가 되게 해주십시오. 먼저 배 부리는 법부터 배워야 할 테니까요."

한참 동안 뱃사공은 무엇을 알아내려는 듯이 나그네를 유심히 바라봤다.

"이제야 당신을 알아보겠습니다."

마침내 뱃사공이 말했다.

"언젠가 우리 오두막에서 자고 간 적이 있었지요. 벌써 오래전 일이지요. 아마 20년도 더 되었을 겁니다. 그때 당신을 강 건너에 태워다주었지요. 그리고 우리는 서로 친한 친구처럼 작별을 했습니다. 그때 당신은 사문이 아니었던가요? 당신의 이름은 생각나지 않습니다만."

"나는 싯다르타라고 합니다. 그리고 당신이 일찍이 나를 봤던 때에는 한 사문이었지요."

"반갑소이다, 싯다르타. 바수데바라고 합니다. 오늘도 당신은 내 손님으로 우리 오두막에 머무르면서, 어디서 오시는 길이며, 왜 좋은 의복이 그토록 성가신지 말씀해주시기 바랍니다."

두 사람은 강 한가운데에 다다랐다. 바수데바는 강의 흐름을 거슬러 가느라고 더욱 힘차게 노를 저었다. 뱃머리에 시선을 두고 기운찬 팔뚝으로 묵묵히 배를 부렸다. 싯다르타는 그를 바라보며, 일찍이 사문 시절의 마지막 날, 이 남자에 대한 사랑이 가슴속에 동했던 일을 회상했다. 싯다르타는 감사한 마음으로 바수데바의 초대에 응했다. 강 언덕에 다다르자 그는 바수데바가 배를 말뚝에 동여매는 일을 도와주었다. 그러고는 곧 사공의 청대로 오두막으로 들어섰다. 사공은 빵과 물을 대접했다. 싯다르타는 즐겁게 먹었고 바수데바가 권하는 망고나무 열매도 기쁜 마음으로 먹었다. 그리고 두 사람은 강가 나무둥치에 앉았다. 마침 해 질 무렵이었다. 싯다르타는 사공에게 자기의 내력과 생애를 말하고, 그날 그토록 절망에 빠졌던 순간 눈앞에 본 것을 이야기해주었다. 밤이 이슥하도록 이야기는 계속되었다.

바수데바는 퍽 주의 깊게 이야기에 귀를 기울였다. 모든 이야기를 열심히 경청했다. 싯다르타의 내력과 어린 시절, 모든 수학(修學), 모든 추구, 모든 기쁨, 모든 고통을. 경청할 줄 아는 것, 이야말로 뱃사공이 지닌 미덕 중 가장 큰 것이었다. 그는 남의 말을 들을 줄 아는 흔하지 않은 사람이었다. 비록 한마디 말도 하지 않았지만 싯다르타는 말을 하며 느꼈다. 바수데바가 조용히 마음을 열고, 기다리는 마음으로 자기의 말을 받아들인다는 것을, 한마디도 놓치지 않고, 초조하게 기다리는 기색도 없이, 칭찬도 나무람도 덧붙이지 않고, 오로지 열심히 듣기만 한다는 것을. 싯다르타는 느꼈다. 이 같은 청자에게 고백하는 것, 그의 심장에다 자신의 생애를, 자신이 추구한

바와 자신의 고뇌를 침전시킨다는 것은 말할 수 없는 행복임을.

이야기가 거의 끝나갈 즈음, 싯다르타가 강가의 나무에 대해, 그의 깊은 절망에 대해, 신성한 '옴'에 대해, 자고 난 후에 느낀 강에 대한 사랑에 대해 말했을 때, 뱃사공은 주의력을 배가하여 눈을 감고 온 신경을 집중하여 귀를 기울여 들었다.

싯다르타의 이야기가 끝나고도 오랜 침묵이 계속된 후에야 바수데바는 입을 열었다.

"내 생각과 같군요. 강은 당신한테 말을 한 거지요. 강은 당신에게도 친구가 되고, 당신을 향해서도 입을 열었습니다그려. 잘된 일입니다. 참 좋은 일입니다. 내 곁에 머물러주십시오. 싯다르타, 나의 친구여. 내게는 아내가 있었습니다. 아내의 침대가 내 침대 옆에 놓여 있지요. 그렇지만 아내는 벌써 오래전에 세상을 떠나 혼자 산 지 오래됩니다. 자, 나와 같이 사십시다. 우리 둘이 쓸 방과 먹을 것은 있습니다."

"감사합니다."

싯다르타가 말했다.

"감사히 그 호의를 받지요. 그리고 또한 바수데바, 나의 이야기를 그토록 잘 들어주셔서 감사합니다. 남의 말을 들을 줄 아는 사람은 퍽 드물지요. 나는 당신처럼 잘 들을 줄 아는 사람을 만난 적이 한 번도 없습니다. 나는 듣는 법도 당신한테서 배우려 합니다."

"배우게 될 겁니다."

바수데바는 말했다.

"그렇지만 내가 아닐 겁니다. 듣는 법은 강이 내게 가르쳐준 거지요. 당신 역시 강한테서 배우실 겁니다. 강은 모든 것을 알지요. 우리는 모든 것을 강에서 배울 수 있습니다. 보십시오, 당신은 이미 이 강에서 배운 것이 있습니다. 밑으로 내려가 침잠하여 깊은 것을 추구하는 것이 좋은 일이라는 사실을요. 부귀를 누리던 싯다르타가 노잡이가 되고 학식 많은 브라만의 아들 싯다르타가 뱃사공이 된다는 것, 이 역시 강이 당신한테 일러준 거지요. 당신은 다른 것도 강에서 배우실 겁니다."

한동안의 침묵 끝에 싯다르타가 입을 열었다.

"다른 것이란 무엇이지요? 바수데바."

바수데바는 일어섰다.

"밤이 늦었소. 자러 갑시다."

그가 말했다.

"그 '다른 것'을 말로 이야기할 수는 없습니다. 오오, 친구여, 당신은 그것을 배울 겁니다. 아니, 혹시 당신은 벌써 아는지도 모르지요. 보시오, 나는 학자가 아닙니다. 나는 말을 할 줄 모릅니다. 또한 사고(思考)할 줄도 모릅니다. 나는 다만 들을 줄 알며 경건한 마음을 가질 뿐입니다. 그 외에는 아무것도 배운 것이 없지요. 내가 만약 그것을 말할 수 있고 가르칠 수 있다면, 아마도 현자가 되었겠지요. 그렇지만 나는 일개 뱃사공일 따름입니다. 내가 맡은 일은 사람들을 태워 이 강을 건네주는 겁니다. 많은 사람을, 몇천 사람을, 나는 건네주었지요. 그들 모두에게 나의 강은 자기네 여행길에 한낱 장애

물일 따름, 다른 아무것도 못 되었지요. 그들은 돈과 장사를 위해, 결혼을 위해, 순례를 위해 여행하고 있었습니다. 그런데 이 강은 그들의 길에 방해가 되었지요. 그리고 이 뱃사공은 그들이 속히 방해물을 넘어 건너가게 하려고 거기에 있었던 거지요. 몇천 사람 중 몇 사람, 극소수의 사람, 넷 또는 다섯 사람한테는 이 강이 장애물이기를 그만두었습니다. 그들은 강의 음성을 들은 겁니다. 그들은 강의 음성에 귀를 기울였지요. 그리하여 내게 그랬듯 강은 그들에게 신성한 존재가 되었습니다. 자, 이제 쉬러 갑시다, 싯다르타."

싯다르타는 뱃사공 곁에 머무르면서 배 부리는 법을 배웠다. 그리고 나루에서 할 일이 없을 때에는 바수데바와 함께 밭에서 일을 하고 나무를 하고 바나나나무 열매를 땄다. 그는 노 만드는 법을 배웠고, 배 손질하는 법을 배웠고, 바구니 엮는 법을 배웠다. 그리고 배우는 모든 것에 기쁨을 느꼈다. 하지만 바수데바가 가르쳐줄 수 있었던 것보다 훨씬 더 많은 것을 강이 가르쳐주었다. 그는 강에서 끊임없이 배웠다. 그는 강에서 무엇보다도 듣는 법을, 조용한 마음으로, 영혼을 열고 기다리는 마음으로, 열정도, 욕망도, 비판도, 의견도 없이 경청하는 법을 배웠다.

정답게 그는 바수데바의 곁에서 살았다. 그리고 이따금 서로 말을 주고받았다. 오래 생각한 몇 마디 안 되는 말을. 바수데바는 말(言語)의 친구는 아니었다. 싯다르타는 말을 하게끔 그를 움직이려 했지만 뜻을 이룬 적이 드물었다.

어느 날 싯다르타가 바수데바에게 물었다.

"당신 역시 강에서 시간이란 존재하지 않는다는 비밀을 배웠습니까?"

바수데바의 얼굴은 밝은 웃음으로 가득 찼다.

"그렇습니다, 싯다르타."

그가 말했다.

"당신의 말은 필시 이런 걸 의미하겠지요. 강은 도처에 동시에 존재한다는 것, 근원에서나, 강어귀에서나, 폭포에서나, 나루터에서나, 여울에서나, 강에서나, 산에서나, 어디에든 동시에 있다는 것, 그리고 강에는 오로지 현재가 있을 뿐이라는 것, 과거의 그림자도, 미래의 그림자도 없다는 것, 그런 것이 아닙니까?"

"바로 그겁니다."

싯다르타는 말했다.

"그리고 그것을 깨닫고 나서 나의 삶을 바라보니, 그 역시 한 줄기 강이었습니다. 소년 싯다르타는 한낱 그림자를 통해서만 어른 싯다르타, 노인 싯다르타와 떨어져 있을 뿐이요, 현실을 통해서가 아닙니다. 그러니까 싯다르타의 전생은 결코 과거가 아니었고, 그의 죽음과 범(梵)으로의 귀환도 미래가 아니지요. 그 어느 것도 과거에 없었고, 그 어느 것도 미래에 없는 겁니다. 모든 것은 현재에 있으며, 모든 것은 본질과 현존을 지닐 뿐이지요."

싯다르타는 환희에 가득 차 말했다. 이 깨달음이 가슴 깊이 기쁨을 느끼게 했다. 오오, 그렇다면 모든 번뇌는 시간에 연유하는 것이 아닌가? 모든 고통과 공포는 시간에서 생기는 게 아닌가? 인간이 이 시간을 초극할 수 있다면, 시간을 없는 것으로 생각한다면, 당장의 세상의 모든 어려움과 반목은 없어지고 극복할 수 있지 않겠는가? 환희에 넘쳐 그는 말했다. 바수데바는 환하게 웃음 지은 얼굴로 그를 바라보며 옳다고 시인하며 묵묵히 고개를 끄덕이고는 손을 들어 싯다르타의 어깨를 쓰다듬었다. 그러더니 자기의 일로 되돌아갔다.

그리고 또 어느 날, 장마가 져서 강물이 넘쳐 힘차게 소리내며 흐르자, 싯다르타는 말했다.

"오오, 친구여, 강은 이토록 많은 음성을, 실로 많은 음성을 가졌군요. 강은 황제의 음성을, 투사의 음성을, 황소의 음성을, 밤새〔夜鳥〕의 음성을, 산모(産母)의 음성을, 탄식하는 자의 음성을, 그리고 또 다른 몇천 가지 음성을 가진 게 아닐까요?"

"그렇소."

바수데바는 고개를 끄덕였다.

"피조물의 모든 음성이 강의 소리 속에 있지요."

"그렇다면" 하고 싯다르타는 말을 이었다.

"만일 당신이 강의 몇천 가지 모든 음성을 동시에 들을 수 있다면, 그때에 강이 하는 말은 무슨 말이겠습니까?"

바수데바의 얼굴은 행복하게 웃고 있었다. 그는 싯다르타를 향해 고개를 숙이더니 그의 귀에다가 거룩한 소리 "옴"이라고 말했다. 싯다르타도 들었던 바로 그 소리였다.

그리고 시간이 갈수록 싯다르타의 웃음 띤 얼굴도 뱃사공의 얼굴과 점점 닮아갔다. 사공의 부드러운 웃음과 거의 같이 환히 빛나며, 거의 같이 행복을 발하며, 똑같이 몇천 개의 잔주름 사이에서 빛이 배어 나오고, 똑같이 어린아이 같고, 똑같이 노인다워갔다. 많은 나그네들이 이 두 사공을 보면 형제로 생각했다. 그들은 곧잘 저녁이면 강 언덕 나무 밑에 같이 앉아서 말없이 강물의 소리에 귀를 기울였다. 그 소리는 그들에게는 이미 물이 아니라 삶의 음성이요, 존재자의 소리, 영원히 생성되어가는 자의 소리였다. 그리고 그들 둘이 강의 소리를 들을 때 똑같은 대상을 생각하는 일이 종종 있었다. 며칠 전의 대화를, 어느 나그네를, 그들을 사로잡은 나그네의 얼굴과 운명을, 죽음을, 그들의 어린 시절을 동시에 생각하는 일이 종종 일어났다. 그리고 강에서 어떤 좋은 소리를 들을 때면, 동시에 똑같은 것을 생각하면서 서로 마주 바라보며 같은 물음에 대한 같은 대답에 행복을 느낄 때가 종종 있었다.

이 나루터와 두 사공에게는 무엇이라 이름할 수 없는 분위기가 감돌았고 많은 여행자가 그것을 느꼈다. 어떤 여행자는 두 뱃사공 중 어느 한쪽 얼굴을 본 후, 자기의 생각을 시작으로 괴로움을 말하고 악(惡)을 고백하고 위안과 충고를 구했다. 어떤 여행자가 하루 저녁을 그들의 곁에 머무르며 강의 소리를 듣겠다고 청하는 일도 있었다. 또한 호기심 많은 사람은 이 나루에 두 사람의 현자, 또는 마술사, 아니면 성자가 산다는 말을 듣고 일부러 찾아오기도 했다. 호기심으로 찾아온 사람들은 많은 질문을 했지만 아무런 대답도 얻지 못했다. 그리고 마술사도 현자도 만나지 못하고 다만 두 사람의 친절한 노인을 발견할 뿐이었다. 벙어리 같고 어딘가 야릇하고 멍청해 보이는 두 노인을. 그래서 호기심으로 찾아온 사람들은 웃으면서 대중이란 얼마나 어리석고 경솔하면 이런 낭설을 퍼뜨릴까 하고 말을 주고받았다.

세월은 덧없이 흘러갔다. 하지만 아무도 세월을 손꼽아보지는 않았다. 그러던 어느 날 순례 중인 고타마, 붓다의 제자인 한 무리의 승려가 몰려와서 강을 건네달라고 청했다. 그래서 두 뱃사공은 그 승려들이 서둘러서 그들의 위대한 스승에게로 되돌아가는 길이라는 것을, 그들이 그렇게 서두르는 이유는 지존께서 죽을병에 드시어 이제 곧 최후의 인간적인 죽음을 겪으시고 해탈의 경지에 들어가시리라는 소문이 널리 퍼져서라는 것을 알게 되었다. 얼마 지나지 않아서 다시금 새로운 무리의 승려가 몰려왔고, 또 새로운 무리의 승려가 연달아 왔다. 그리고 승려들이나 마찬가지로 다른 여행자와 길손도 대부분 고타마와 그의 가까워진 입멸(入滅)에 대해서만 말했다. 그리고 마치 출정군의 행렬이나 제왕의 대관식으로 사방에서 사람들이 몰려들듯이, 개미 떼가 모여들듯이, 무슨 마력에 끌리듯이, 그들은 물밀듯 몰려갔다. 위대한 붓다가 입적(入寂)을 기다리는 곳으로, 어마어마한 기적이 일어난다고 하는 곳으로, 한 시대의 위대한 완성자가 열반에 이르려 한다는 곳으로.

싯다르타는 그 시간 동안, 입멸하려는 현자, 위대한 스승에 대해 많은 생각을 했다. 중생을 경각시켜주고 몇십만의 사람을 깨우쳐 준 그의 음성, 싯다르타 자신의 귀로도 일찍이 들었던 음성을, 싯다르타 자신이 일찍이 외경(畏敬)의 마음으로 바라본 거룩한 얼굴을 생각했다. 그는 정답게 붓다를 생각했다. 그의 완성의 도정(途程)을 눈앞에 그려보고, 일찍이 자신이 젊었을 때 지존을 향해 한 말을 웃음 지으며 회상해봤다. 지금 생각하면 오만하고 건방진 말이었다고, 그는 웃음 지으며 그 말을 다시 생각해봤다. 그의 가르침을 그대로 받아들일 수는 없었지만, 그는 이미 오래전에 고타마와 유리되어 있지 않다는 것을 깨달았다. 아니, 참으로 구도를 하는 자, 참으로 찾고자 하는 자는 아무런 가르침도 받아들일 수가 없는 법이었다. 하지만 일단 찾은 자는 어떠한 가르침, 어떠한 길, 어떠한 목표라도 인정할 수가 있었다. 그리고 그렇게 찾은 자는 영원 속에 살고 신성(神性)을 호흡하는 다른 몇천의 인간들과 이미 어느 것으로도 유리될 수가 없었다.

그토록 많은 사람이, 입적하려는 붓다를 찾아갈 즈음의 어느 날, 한때 절세의 기생이었던 카말라도 붓다를 향해 길을 떠났다. 이미 오래전부터 그녀는 과거의 생활을 떠나서 자신의 정원을 고타마의 승려들에게 시주하고, 붓다의 가르침에 귀의하여 순례자에게 자비를 베푸는 친구가 되었다. 고타마의 입적이 가까워졌다는 소식을 듣자, 카말라는 그녀의 아들, 어린 싯다르타와 같이 간단한 차림새로, 맨발로 길을 떠났다. 어린 아들과 함께 그녀는 강가에 이르렀다. 하지만 어린것은 곧 피곤하여 집으로 돌아가자고 보채고, 쉬자고 보채고, 먹을 것을 달라고 보채고, 떼를 쓰며 울상이 되었다. 카말라는 자주 그 애와 더불어 쉴 수밖에 없었다. 아이는 어머니를 이기고 자기 고집을 내세우는 데 길이 들어 있었기 때문에, 어머니는 아이에게 먹을 것을 주고 달래고 야단치고 하는 수밖에 없었다. 어린애는 왜 자기가 어머니와 같이 이토록 괴롭고 서글픈 순례의 길을 떠나야만 하는지, 알지도 못하는 곳으로, 왜 지금 죽음을 맞는다는 성자라는, 웬 알지도 못하는 사람에게로 가야만 하는지 영문을 몰랐다. 그 성자가 죽는다 한들 이 어린애에게 무슨 상관이랴?

순례하는 모자(母子)가 바수데바의 나루터에서 멀지 않은 곳에 이르렀을 때에, 어린 싯다르타는 다시금 쉬어가자고 어머니를 졸랐다. 카말라도 지쳐서 어린것이 바나나를 씹어먹는 사이에 땅바닥에 웅크리고 앉아 잠시 눈을 감고 쉬었다. 하지만 갑자기 카말라가 비명을 질렀다. 어린것은 깜짝 놀라 어머니를 보았다. 어머니의 얼굴은 공포로 파랗게 질렸고, 옷자락 밑으로는 어머니를 문 작고 새카만 뱀이 한 마리 도망쳤다.

황급히 두 모자는 사람을 찾으려고 길을 달려 나루터 부근에까지 이르렀다. 카말라는 그곳에 쓰러져서 도저히 더는 갈 수가 없게 되었다. 어린애는 소리 높여 비명을 지르며, 어머니의 목을 끌어안고 입을 맞추었다. 어머니도 살려달라는 아들의 비명에 합세하여, 마침내 모자의 소리가 나루터 부근에 있던 바수데바의 귀에까지 들려왔다. 바수데바는 서둘러 달려가서 카말라를 팔에 안아 배에 실었고, 어린애도 달려와 배에 올라탔다. 그리하여 그들은 곧 오두막집에 당도했다. 집에서는 싯다르타가 아궁이 앞에 서서 마침 불을 지피고 있었다. 그는 머리를 들어 맨 먼저 어린애의 얼굴을 보았다. 어린애의 얼굴은 싯다르타에게 이상하게도 잊어버렸던 그 무엇을 떠오르게 했다. 그는 다시 카말라를 보았다. 카말라는 의식을 잃고 뱃사공의 팔에 안겨 있었지만 그래도 그는 그녀를 당장에 알아봤다. 곧이어 그는 자기에게 그토록 많은 것을 떠오르게 한 얼굴의 주인공인 이 어린애가 자기 아들이라는 사실을 알아차렸다. 가슴에서 심장이 고동쳤다.

카말라의 상처를 씻어냈다. 하지만 이미 상처는 흑빛이 되었고, 몸은 부어올랐다. 물약을 입에 흘려 넣자 카말라는 의식을 회복했다. 그녀는 오두막집 안 싯다르타의 침상에 누워 있었고, 그녀의 머리맡에는 일찍이 그토록 열렬히 사랑하던 싯다르타가 구부정하니 서 있었다. 그녀는 꿈을 꾸는 것 같았다. 웃음 띤 얼굴로 그녀는 친구의 얼굴을 들여다봤다. 그리고 한참만에야 자신의 상황을 깨닫고 뱀에게 물린 기억을 되살리며 걱정스럽게 어린애를 소리쳐 불렀다.

"아이는 당신 옆에 있소, 걱정 마시오."

싯다르타가 말했다.

카말라는 그의 눈을 들여다봤다. 그녀는 독 기운으로 마비되어 잘 돌지 않는 혀로 말했다.

"늙으셨군요. 당신, 백발이 되셨군요. 그래도 그 옛날 옷도 입지 않고 더러운 발로 제 정원으로 저를 찾아왔던 젊은 사문과 똑같습니다. 저와 카마스바미를 버리고 떠나시던 때보다도 지금이 훨씬 더 사문과 똑같아요. 싯다르타, 당신의 눈은 그 사문의 눈과 똑같습니다. 아마 저도 역시 늙었겠지요, 늙었어요. 그런데도 당신은 저를 알아보셨나요?”

싯다르타가 웃음 지었다.

“당장에 당신을 알아보았소, 사랑하는 카말라.”

카말라는 어린애를 가리키며 말했다.

“저 아이도 알아봤나요? 당신의 아들입니다.”

여인의 눈은 흔들리더니 감겨버렸다. 어린애는 울었다. 싯다르타는 아이를 무릎에 앉히고 울도록 내버려두며 머리를 쓰다듬어주었다. 어린애의 얼굴을 들여다보고 있으려니까, 옛날에 싯다르타 자신이 어린애일 적에 배웠던 브라만의 기도가 떠올랐다. 천천히 노래를 부르듯이 그는 기도를 읊기 시작했다. 그의 과거에서, 어린 시절에서 언어들이 흘러나왔다. 그리고 그의 노랫소리에 어린애는 잠잠해졌다가 다시금 훌쩍훌쩍 울기를 반복하더니 잠이 들어버렸다. 싯다르타는 어린애를 바수데바의 침상 위에 눕혔다. 바수데바는 부뚜막에 서서 밥을 짓고 있었다. 싯다르타는 그에게 시선을 던졌다. 바수데바는 웃음을 지으며 그의 시선에 대답했다.

“이 여인은 죽을 겁니다.”

싯다르타는 소리를 죽여 말했다.

바수데바는 고개를 끄덕였다. 그의 다정한 얼굴 위로 아궁이의 불빛이 번쩍 스쳤다.

다시 한번 카말라는 의식을 되찾았다. 고통으로 얼굴이 일그러졌다. 싯다르타는 그녀의 입과 창백한 뺨에서 고통을 읽었다. 소리 없이 그는 그 고통을 읽었다. 주의 깊게 기다리는 마음으로 그녀의 고통 속에 자신도 침잠한 채. 카말라는 그것을 느꼈다. 그녀의 시선은 싯다르타의 눈을 더듬었다.

그를 바라보면서 그녀는 말했다.

"당신의 눈도 변했다는 것을 이제 보니 알겠습니다. 당신의 눈은 전혀 딴판이 되었어요. 그런데 당신이 싯다르타라는 것을 무엇으로 알 수 있을까요? 당신은 싯다르타면서 싯다르타가 아니로군요."

싯다르타는 아무 말 없이 조용히 카말라의 눈을 들여다봤다.

"당신은 목적에 도달하셨지요?"

그녀가 물었다.

"평화를 발견하셨지요?"

싯다르타는 웃음 지으면서 자기 손을 카말라의 손 위에 얹었다.

"알아요. 저는 알아요. 저도 평화를 찾을 겁니다."

그녀는 말했다.

"당신은 이미 평화를 찾았소."

싯다르타가 속삭였다.

카말라는 그를 꼼짝 않고 바라봤다. 그녀는 자기가 고타마를 향해 순례의 길을 떠났다는 것을, 완성자의 얼굴을 보기 위해서, 완성자의 평화를 빨아들이기 위해서 길을 떠났다는 것을 떠올렸다. 그리고 이제 고타마를 만나는 대신에 싯다르타를 찾았음을, 그것은 좋은 일이었음을, 붓다를 만난 것 못지않게 좋은 일이었음을 떠올렸다. 그녀는 그 말을 싯다르타에게 하려 했지만 이미 혀가 자기의 마음대로 돌지 않았다. 말없이 그녀는 싯다르타를 바라봤다. 그리고 싯다르타는 그녀의 눈빛에서 생명력이 소멸되어가는 것을 보았다. 최후의 고통이 그녀의 눈에 가득 찼다가 부서지고, 최후의 전율이 그녀의 사지를 스쳐 지나가자 싯다르타의 손은 카말라의 눈을 감겨주었다.

오랫동안 싯다르타는 앉은 채로 숨진 카말라의 얼굴을 바라봤다. 오랫동안 그는 그녀의 입을, 얄따랗게 된 입술, 늙고 지친 입을 들여다봤다. 그리고 일찍이 청춘 시절에 자기가 이 입을 무르익은 신선한 무화과 열매에 비유했던 일을 떠올렸다. 오랫동안 그는 핼쑥한 얼굴과 피로한 주름살을 들여다보며 바라보는 일에 도취해 앉아 있었다. 그리고 자기 자신의 얼굴이 똑같이 창백하고 똑같이 퇴색한 모습으로 거기에 누워 있음을 보았다. 그리고 동시에 붉은 입술에 이글이글 타는 듯한 눈을 가진 자기의 젊은 얼굴과 그녀의 젊은 얼굴을 보았다. 그리고 현존과 동시(同時)에 대한 의식이, 영원에 대한 의식이 철두철미하게 그를 파고들었다. 그는 이 순간에 깊게, 어느 때보다도 깊게 모든 생의 불멸성과 순간의 영원성을 절감했다.

싯다르타가 몸을 일으켜서 보니 바수데바가 그를 위해 밥을 차려놓았다. 그런데도 싯다르타는 먹지 않았다. 두 노인은 자기네들이 산양을 키우는 외양간에다가 짚을 폈다. 그리고 바수데바는 잠이 들었다. 하지만 싯다르타는 밖으로 나가 오두막 앞에 앉아 밤을 지새우며 물소리에 귀를 기울이고, 과거를 돌이켜보며, 자신이 살아온 모든 시절을 더듬었다. 그러면서도 이따금 일어나 오두막 문 앞으로 다가가서 어린것이 자고 있나 귀를 기울였다.

아침 일찍 해가 뜨기도 전에 바수데바는 외양간에서 나와 그의 친구에게로 걸어왔다.

"잠을 이루지 못했군요."

그가 말했다.

"그렇습니다, 바수데바. 여기 앉아서 강물 소리에 귀 기울이고 있었지요. 강은 나에게 많은 말을 해주었습니다. 강은 치유를 가져다주는 사상으로써, 단일의 사상으로써 내 마음을 깊숙이 채워주었습니다."

"당신은 고통을 겪었습니다, 싯다르타. 그렇지만 당신의 마음속에는 아무런 슬픔도 자리 잡지 않았습니다. 내게는 보입니다."

"그렇습니다, 사랑하는 친구여. 어찌하여 내가 슬퍼하겠습니까? 풍부하고 행복하던 나는 지금에 와서 한층 더 풍부하고 행복해졌습니다. 나는 아들을 선물로 받았지요."

"나 역시 당신의 아들을 환영합니다. 그렇지만 싯다르타, 우리 이제 일을 하러 갑시다. 할 일이 많습니다. 일찍이 나의 아내가 죽은 바로 그 침대 위에서 카말라가 죽었지요. 일찍이 내 아내를 화장한 바로 그 언덕 위에다 카말라를 화장할 장작을 쌓읍시다."

어린애가 아직 자는 동안 두 사람은 화장할 장작더미를 쌓았다.

아들

겁먹은 태도로 울면서 어린애는 어머니의 장례에 참석했고, 자기를 아들로 맞고 바수데바의 오두막집에서 같이 살기를 환영한다고 한 싯다르타에게도 겁먹은 태도로 침울하게 귀를 기울였다. 아이는 하루 종일 무덤 곁에 앉아, 먹으려 하지도 않고 눈과 마음을 굳게 닫은 채 운명에 반항했다.

싯다르타는 아이를 아끼는 마음으로 그대로 내버려두었고, 아이의 슬픔을 존중했다. 싯다르타는 아들이 자기를 알지 못한다는 것, 무릇 아버지를 사랑하듯이 아들이 자기를 사랑할 수는 없다는 것을 알았다. 차츰차츰 그는 이 열한 살배기 어린것은 어머니 품에서 부유한 생활 습관에 묻혀 자라, 좋은 음식과 부드러운 잠자리에 길들고 하인을 부리는 게 버릇된 응석받이 아이라는 것도 보고 알았다.

싯다르타는 이렇게 슬픔에 젖은 응석받이 아이가 갑자기 자진해서 이 낯선 환경과 가난에 만족할 수는 없으리라는 것도 이해했다. 그는 아들에게 억지로 무엇을 강요하지 않았다. 그는 아들을 위해 많은 일을 했고 항상 맛있는 음식을 마련해냈다. 참을성 있게 친절하게 대해주면 아이의 마음을 살 수 있으리라고 그는 서두르지 않고 희망했다.

어린애가 처음 자기에게 나타났을 때에 싯다르타는 스스로를 부유하고 행복하다고 칭했다. 하지만 세월이 흘러가도 어린애는 여전히 침울하고 낯설어했고, 건방지고 고집 센 성품을 드러냈으며, 아무런 일도 하려 들지 않았고, 노인을 존경할 줄도 모르고, 바수데바의 과일나무까지 꺾어가버렸다. 비로소 싯다르타는 아들에게서 행복과 평화가 아니라 고통과 걱정을 얻었다는 것을 깨달았다. 그래도 그는 아들을 사랑했다. 아들 없이 행복하고 기뻤던 때보다도 사랑의 고통과 걱정이 있는 지금이 한결 좋았다.

어린 싯다르타가 오두막의 식구가 된 후부터 노인들은 일을 분담했다. 바수데바는 뱃사공의 직책을 옛날처럼 혼자 떠맡았고, 싯다르타는 아들과 함께 있기 위해 집안일과 밭일을 맡았다.

오랜 시간, 여러 달을 싯다르타는 기다렸다. 아들이 자기를 이해하고, 자기의 사랑을 받아들이고, 언젠가 그 사랑에 보답할 때가 오기를 기다렸다. 여러 달 동안 바수데바도 방관하며 침묵으로 기다렸다. 그러던 어느 날, 어린 싯다르타가 또다시 떼를 쓰며 성질을 부려 아버지를 괴롭히며 밥그릇을 두 개나 깨뜨리자, 그날 저녁 바수데바는 친구를 옆으로 불러 말했다.

"용서하십시오. 진심어린 우정으로 하는 말입니다."

그는 말을 이었다.

"당신이 괴로워하는 것을 압니다. 당신이 조심하는 것도 알지요. 친구여, 당신의 아들은 당신을 걱정시킬 뿐만 아니라, 나에게도 역시 걱정거립니다. 그 어린 새는 다른 생활, 다른 둥지〔巢〕에 길이 들어왔지요. 저 애는 당신처럼 혐오감과 염증에 못 이겨 도시와 부귀를 버리고 도망쳐 나온 게 아니라, 본의 아니게 그 모든 것을 떠났습니다. 오오, 친구여, 나는 강에게 물어봤습니다. 몇 차례나 물어봤지요. 그러나 강은 웃었습니다. 강은 나를 비웃었습니다. 당신과 나를 비웃으며 우리의 어리석음에 절레절레 흔들었지요. 물은 물을 원하고, 젊음은 젊음을 원합니다. 당신의 아들은 마음대로 뻗어 자랄 수 있는 장소에 있지 못한 겁니다. 당신도 강에게 물어보십시오. 강의 소리에 귀 기울여보십시오!"

싯다르타는 그토록 수많은 주름살 속에도 항상 밝음을 잃지 않는 친구의 다정한 얼굴을 걱정스럽게 바라봤다.

"과연 내가 그 아이와 떨어질 수 있을까요?"

싯다르타가 나직이, 겸연쩍어하며 물었다.

"시간을 좀 주십시오, 사랑하는 친구여! 보십시오. 나는 그 아이 때문에 싸우는 중입니다. 나는 그 애의 마음을 사려 합니다. 사랑과 친절한 인내로 아들을 붙잡으려 하지요. 언젠가는 그 애에게도 강의 소리가 들릴 때가 있을 겁니다. 그 아이도 부름을 받은 거지요."

바수데바의 웃음은 점점 따스하게 피어올랐다.

“오, 그렇습니다. 그 아이도 부름을 받았지요. 그 아이도 영생을 할 겁니다. 그렇지만 우리들이, 당신과 내가 그 아이가 어떠한 길로, 어떠한 행위로, 어떠한 번뇌로 부름을 받았는지 대체 알기나 할까요? 그 애의 번뇌는 적지 않을 겁니다. 실로 그 애의 마음은 오만하고 강퍅합니다. 그런 아이는 많은 번뇌를 겪고, 많은 오류를 범하고, 많은 그릇됨을 행하고, 많은 업보를 짊어지게 마련이지요. 말해보십시오, 사랑하는 친구여. 당신은 아들을 교육시키지 않으렵니까? 아들에게 강요하지 않으렵니까? 아들을 채찍질하고 벌하지 않으렵니까?”

“아니오, 바수데바. 그런 모든 일을 하지 않겠습니다.”

“그럴 줄 알았소. 당신은 그 애에게 강요하지 않고, 채찍질도 하지 않고, 명령도 하지 않을 겁니다. 당신은 부드러움〔柔〕이 견고함보다 강하다는 것을, 물이 바위보다 강하고 사랑이 폭력보다 강하다는 것을 알기 때문이지요. 대단히 훌륭합니다. 나는 당신을 칭송합니다. 그렇지만 아들을 강요하지 않고 벌하지 않는다고 생각하는 것, 그건 당신의 오류가 아닐까요? 사랑의 끈으로 그 애를 속박하고 있는 건 아닐까요? 당신의 자비와 인내심으로 그 애를 날마다 부끄럽게 만들고 점점 더 견디기 힘들게 하는 건 아닐까요? 당신은 오만하고 버릇없는 그 애를, 바나나만 먹고 살면서 밥을 진미(珍味)로 여기는 두 늙은이 곁에 억지로 살도록 강요하는 건 아닐까요? 우리는 이미 그 애의 사상과는 같을 수 없는 사상을 가지고 있고, 우리의 감정은 낡고 가라앉아 그 애의 감정과는 다른 길을 걷고 있는 건 아닐까요? 이 모든 것에 그 애는 강요당하며 벌을 받는 건 아닐까요?"

싯다르타는 놀라서 멍하니 땅을 바라보더니 나직이 물었다.

"어떻게 하면 좋으리라고 생각하십니까?"

바수데바는 말했다.

"그 애를 도시로 보내십시오. 그 애 어머니의 집으로 데려가십시오. 그곳에는 하인들이 있을 테니 하인들한테 아이를 맡기십시오. 그리고 만약에 아무도 없다면 그 애를 어느 스승에게 데려가십시오. 가르침을 받기 위해서가 아니라 다른 아이들, 다른 소년들을 알게 하여 그 아이의 세계로 들어가게 하기 위해서 말이지요. 당신은 이런 생각을 해본 적이 없으십니까?"

"내 마음을 꿰뚫어 보고 계시는구려."

싯다르타는 슬픈 어조로 말했다.

"나도 여러 번 그런 생각을 해봤지요. 그렇지만 좀 생각해보십시오. 그렇지 않아도 부드러운 마음이 없는 그 애를 어찌 인간 세계에 내보내겠습니까? 그 애가 사치에 빠지지 않을까요? 쾌락과 권력에 눈 멀어 스스로를 잃지 않을까요? 아버지가 경험한 온갖 오류와 걸어온 길을 반복하지는 않을까요? 혹시 완전히 윤회 속에 빠져 파멸하지는 않을까요?"

뱃사공의 얼굴은 환한 웃음으로 빛났다. 그는 싯다르타의 어깨를 다정하게 건드리며 말했다.

"친구여, 그런 의문은 강에게 물어보십시오! 강이 웃는 소리를 들으십시오! 당신은 당신 아들이 당신과 같은 어리석음을 저지르지 않게 하려고, 스스로가 지금껏 그 모든 어리석음을 저질러왔다고 생각하십니까? 대체 당신이 어떻게 아들을 윤회에 빠지지 않도록 보호할 수 있을까요? 대체 어떻게 보호하겠습니까? 가르침을 통해, 기도를 통해, 훈계를 통해? 사랑하는 친구여, 대체 당신은 당신이 언젠가 바로 여기 이 장소에서 내게 들려준 브라만의 아들 싯다르타에 대한 교훈적인 이야기를 완전히 잊어버렸단 말이오? 누가 사문 싯다르타를 윤회에서, 죄악에서, 탐욕에서, 어리석음에서 지켜주었단 말이오? 부친의 깊은 신앙심이, 스승의 훈계가, 지식이, 탐구심이 과연 그를 보호할 수 있었던가요? 스스로 삶을 살고, 스스로 업보를 짊어지고, 스스로 쓰디쓴 잔을 마시고, 스스로 자기의 길을 찾으려는 것을, 어떤 아버지가, 어떤 스승이 막을 수 있을까요? 도대체 그 누가 이 길을 걷지 않고 살아갈 수 있으리라고 생각하십니까? 친구여, 혹시나 당신의 어린 아들만은 당신이 사랑한다고 해서, 당신이 그 애의 번민과 아픔과 실망을 덜어주고 싶다고 해서, 그게 가능하다고 생각하십니까? 비록 그 애를 위해 열 번씩 죽는다 한들, 당신이 그 애의 운명을 손톱만치라도 덜어줄 수는 없습니다."

지금껏 바수데바가 그렇게 많은 말을 한 적은 한 번도 없었다. 싯다르타는 다정하게 그에게 감사의 말을 하고 심란해서 집으로 돌아왔으나 오랫동안 잠을 이루지 못했다. 바수데바가 말한 것 중에는 싯다르타 자신이 이미 생각하고 깨닫지 않은 것은 아무것도 없었다. 그런데도 그것은 그가 실천할 수 없는 지식이었다. 아들에 대한 사랑은, 자식을 잃는다는 애착과 불안은 그 지식보다 강했다. 도대체 일찍이 그토록 그의 마음을 앗아간 무엇이 또 있었던가? 일찍이 그가, 그토록 맹목적으로, 그토록 고통스럽게, 그토록 보람 없이, 그러면서도 그토록 행복을 느끼며 그 누구를 사랑한 적이 또 있었던가?

싯다르타는 친구의 충고를 따를 수 없었다. 아들을 떠나보낼 수가 없었다. 그는 어린애의 명령에 자신을 맡겼고, 어린애의 멸시를 받았다. 그는 묵묵히 기다리며 매일같이 말 없는 친절의 투쟁을, 소리 없는 인내의 전쟁을 시작했다. 바수데바 역시 묵묵히 기다렸다. 호의를 가지고, 알면서도 참을성 있게. 참는 데에는 이 두 노인이야말로 대가였다.

언젠가 싯다르타는 아들의 얼굴에서 너무나 절실히 카말라를 떠올리다가, 문득 젊은 시절 언젠가 카말라가 자기에게 한 말이 떠올랐다. "당신은 사랑을 할 수 없는 분이세요"라고 카말라는 말했다. 그때 그는 카말라의 말을 시인하면서, 스스로를 하나의 별에 비유하고 소인배들을 떨어지는 가랑잎에 비유했다. 그렇게 말하면서도 그는 자신의 말에 한 가닥 비난하는 마음이 없지 않았다. 사실 그는 다른 사람을 위해 자기를 완전히 잃어버리거나 희생하거나, 자기를 망각한 채 타인 때문에 사랑이라는 어리석음을 범할 수는 도저히 없었다. 한 번도 그런 적이 없었다. 그리고 그때만 해도 그 점이야말로 자기가 다른 소인배들과 구별되는 커다란 차이점이라고 여겼다. 하지만 아들이 나타난 다음부터 싯다르타도 완전히 한낱 소인이 되어버렸다. 한 인간 때문에 괴로워하고, 한 인간을 사랑하며, 한 인간 때문에 절망하고, 하나의 사랑 때문에 바보가 되어버렸다. 이제 뒤늦게 그도 일생에 한 번 가장 강렬하고 야릇한 열정을 느꼈고, 그 열정 때문에 괴로움을 겪었다. 처참하도록 괴로움을 겪었다. 그런데도 행복했다. 무엇인가 새로워지고, 무엇인가 풍부해진 느낌이었다.

이 사랑, 자식에 대한 맹목적인 사랑은 번뇌요, 너무나도 인간적이라는, 이것이야말로 윤회요, 흐린 근원, 어두운 물이라는 것을 그는 충분히 느꼈다. 그러면서도 동시에 그것이 무가치하지 않고 필연적이며, 자신의 본질에서 우러나는 거라고 느꼈다. 그래서 자기도 이런 욕망 또한 채우며, 이런 고통 또한 맛보며, 이런 어리석음 또한 저지르고 싶었다.

그러는 사이에 아들은 아버지가 숱한 어리석은 일을 저지르게 했고, 아들의 환심을 사려고 애쓰게 했고, 날마다 아들의 기분 앞에 굴복하게 했다. 그런데도 이 아버지는 아들을 매혹시킬 아무것도 가지지 못했다. 아들을 무섭게 할 아무것도 가지지 못했다. 아버지는 훌륭한 남자였다. 선량하고, 자비롭고, 온화한 사람이었다. 아마도 대단히 거룩한 사람, 아마도 성자였을지도 모른다. 그렇지만 이 모든 것이 아이의 환심을 살 만한 특성은 아니었다. 초라한 오두막 안에 자신을 붙들어두는 아버지는 아들에게는 지루하기만 한 존재였다. 자식의 어떠한 버릇 없는 행동도 웃음으로, 어떠한 모욕도 친절로, 어떠한 악의도 호의로 응수하는 것이 곧 아들에게는 늙은 구렁

이의 추악하기 이를 데 없는 간계로 보였다. 어린애로 보면 아버지한테 위협을 받고 학대를 받는 편이 차라리 나았을 것이다.

마침내 어린 싯다르타의 본심이 폭발하여 아버지한테 노골적으로 맞서는 날이 왔다. 그날 아버지는 아들에게 일거리를 나눠주었다. 섶나무를 긁어모으라고 명한 것이다. 그러나 아들은 오두막을 나서지 않고, 성이 나서 도전적으로 버티고 서서는 마루를 쾅쾅 구르며 주먹을 불끈 쥐고 아버지한테 정면으로 증오와 경멸의 말을 폭발적으로 퍼부었다.

"당신이 쓸 섶나무는 당신이 긁어!"

어린애는 거품을 뿜으며 소리쳤다.

"난 당신의 노예가 아니야. 당신이 날 매질하지 않는다는 걸 알아. 하지만 감히 그러지를 못하는 거야. 당신이 경건함과 관용으로 끊임없이 날 벌하며 당신 앞에 굴종시키려 하는 것도 알아. 내가 당신같이 되기를 바라겠지. 당신처럼 경건하고, 당신처럼 온화하고, 또 당신처럼 지혜롭게 되기를! 그렇지만 들어둬! 당신한테는 안됐지만 나는 당신처럼 되느니 차라리 산적이나 살인자가 되어 지옥으로 행차하겠어! 나는 당신을 증오해. 당신은 내 아버지가 아니야. 설사 당신이 열 번 내 어머니의 정부(情夫)였다 해도."

분노와 원한은 아이를 사로잡았고 말할 수 없는 악담이 되어 아버지에게 쏟아졌다. 그러고 나서 아이는 도망을 쳤다가 저녁 늦게야 되돌아왔다.

다음 날 아침, 아이는 사라지고 말았다. 뱃사공들이 뱃삯으로 받은 은전과 동전을 간직해두는, 두 가지 빛깔의 나무껍질로 엮은 작은 바구니도 아이와 함께 사라졌다. 또한 배도 사라졌다. 싯다르타는 배가 건너편 강 언덕에 놓여 있는 것을 찾아냈다. 아이는 도망친 것이다.

"아이를 쫓아가야겠군요."

어제 아들의 악담을 들은 후 애석함에 떨던 싯다르타가 말했다.

"어린애 혼자서는 숲을 지나갈 수 없을 겁니다. 아이는 되돌아올 겁니다. 바수데바, 강을 건너가려면 뗏목을 지어야겠습니다."

"우리 뗏목을 지읍시다."

바수데바는 말했다.

"어린것이 타고 노방친 배를 다시 찾아오기 위해서요. 그렇지만 아이만은 도망치도록 내버려두십시오. 친구여, 그 애는 이미 어린 아이가 아닙니다. 그는 스스로를 도울 줄 압니다. 그 애는 도시로 나가는 길을 찾아서 간 겁니다. 그리고 옳은 일이지요. 이 점을 잊지 마십시오. 그 애는 당신이 게을리 한 일을 스스로 한 겁니다. 그 애는 스스로를 돌보며 자기의 길을 간 거지요. 아아, 싯다르타, 괴로워하는구려. 당신은 남이 웃을 일을 가지고, 당신도 곧 웃게 될 일을 가지고 괴로워하는 겁니다."

싯다르타는 대답하지 않았다. 그는 어느덧 도끼를 두 손에 쥐고 대나무로 뗏목을 만들기 시작했다. 바수데바도 새끼로 나무둥치를 동여매는 일을 도와주었다. 그리고 두 사람은 뗏목을 타고 멀리까지 휩쓸려 내려가 건너편 강 언덕에 뗏목을 끌어올렸다.

"왜 당신은 도끼를 가지고 왔지요?"

싯다르타가 물었다.

바수데바가 대답했다.

"우리 배의 노가 없어졌을지도 모르기 때문이오."

싯다르타는 친구가 무슨 생각을 하는지 알았다. 그는 어린애가 앙갚음을 하려고, 또한 뒤따라오는 것을 방해하려고 노를 던져버렸거나 부러뜨렸으리라고 생각한 것이다. 과연 배 안에는 노가 사라지고 없었다. 바수데바는 배 바닥을 가리키며 웃음을 짓고 친구를 바라봤다. 그는 마치 "당신 아들이 당신한테 하는 말이 보이지 않으시오? 당신이 따라오는 걸 원하지 않는다는 게 보이지 않으시오?"라고 말하려는 듯했다. 그렇지만 바수데바는 그것을 입 밖에 내지는 않았다. 그는 곧 새로 노를 만들기 시작했다. 하지만 싯다르타는 도망친 아이를 찾기 위해 떠나갔다. 바수데바는 그를 붙들지 않았다.

싯다르타는 한참을 숲속으로 들어서서야, 이렇게 찾는 일이 소용없는 노릇이라는 생각이 떠올랐다. 어린것은 벌써 일찌감치 시내에 당도했거나, 설사 아직 가는 도중이라면 쫓아가는 자기 앞에서 몸을 숨겼거나, 두 가지 중 하나라는 생각이 들었다. 생각을 되씹는 사이에 그는 자신이 아들을 염려하는 것이 아님을, 자신의 마음 밑바닥에서는 아들이 돌아오지도, 숲속에서 위험한 일을 당하지도 않았으리라는 것을 안다는 사실을 깨달았다. 그럼에도 그는 쉬지 않고 달렸다. 이미 아들을 구하려는 의도는 없었고 단지 아들을 한 번이라도 더 보고 싶은 욕망에서였다. 그리하여 그는 도시 근처에까지 줄달음쳤다.

도시에 가까운 넓은 거리에 당도하자 싯다르타는 일찍이 카말라의 소유였고, 가마를 타고 가던 카말라를 처음으로 만났던 아름다운 별장의 입구에 멈춰 섰다. 당시의 광경이 머릿속에 떠올랐다. 수염투성이 맨발의 젊은 사문, 머리털은 먼지로 뒤덮인 채 거기에 서 있던 자신의 모습을 눈앞에 보는 듯했다. 한참 동안 싯다르타는 거기에 서서 열린 문으로 정원 안을 들여다봤다. 누런 빛깔 가사를 걸친 승려들이 아름다운 나무숲 밑을 거니는 모습이 보였다.

골똘히 생각에 잠겨, 눈앞에 펼쳐진 광경을 바라보며 자신이 살아온 역사에 귀 기울이며 그는 오랫동안 서 있었다. 오랫동안 서서 승려들을 바라보며, 승려들의 자리에서 젊은 싯다르타와 젊은 카말라가 무성한 나무 밑을 거니는 모습을 보았다. 카말라에게 환대를 받던 자기의 모습을, 카말라에게 최초의 키스를 받던 자기의 모습을, 오만과 경멸의 마음으로 브라만 시절을 되돌아보면서 긍지와 희망을 가지고 세속적 생활을 시작하던 자기의 모습을 분명하게 보았다. 그는 카마스바미를 보았다. 하인들과 떠들썩한 연회와 도박꾼들과 악사들을 보았고, 새장 안에서 울던 카말라의 새를 보았다. 이 모든 것을 다시 한번 체험하며 윤회를 호흡했고, 다시 한번 늙고 피로해졌으며, 다시금 혐오감을 느꼈고, 다시금 자신을 소멸시켜버리고 싶은 욕망을 느꼈고, 마침내 다시금 신성한 '옴'의 힘을 입어 회복하게 되었다.

이렇게 오랫동안 정원 입구에 서 있은 후 싯다르타는 깨달았다. 자신을 이 장소에까지 몰고 온 그 갈망은 어리석은 것이었음을. 자기는 아들을 도와줄 수 없으며, 아들에게 집착해서도 안 된다는 사실을. 그는 도망친 아들에 대한 사랑을 상처처럼 마음속 깊이 느꼈다. 그리고 동시에 그 상처는 자신을 아프게 하는 게 아니라 꽃이 되어 찬연하게 빛날 것을 느꼈다.

이 상처가 지금 이 시간까지 꽃피우지 못하고 찬연하게 빛나지도 못한다는 사실이 그를 슬프게 했다. 도망친 아들을 쫓아 멀리 이곳까지 오게 한 소망의 자리에 이제는 공허가 가득 찼다. 슬픔에 젖어 그는 주저앉아버렸다. 그리고 자신의 가슴 안에서 무엇인가 죽어가는 것을 느꼈다. 공허를 느꼈다. 아무런 기쁨도 아무런 목표도 보이지 않았다. 그는 깊은 생각에 빠진 채 앉아 기다렸다. 바로 이것을 그는 강에서 배웠다. 한 가지를 기다리는 것, 인내심을 갖는 것, 귀 기울여 듣는 것을. 그렇게 그는 길가 먼지 속에 앉아 귀를 기울였다. 자신의 심장을 향해 귀를 기울였다. 심장이 어떻게 지쳐 슬프게 돌이키는가를. 그리고 하나의 소리를 기다렸다. 여러 시간을 그렇게 웅크리고 앉아 귀를 기울였다. 머릿속에 아무런 영상도 없이, 공허 속에 잠겨 아무런 방향도 없이 가라앉았다. 그리고 상처가 타는 듯이 아프게 느껴질 때에는 소리 없이 '옴'을 읊으며 '옴'으로 자신을 채웠다. 정원에 있는 승려들이 그를 보았다. 잿빛 머리털 위로 먼지가 쌓이도록 몇 시간을 웅크리고 앉아 있는 그를 보자, 어떤 승려가 나와 바나나 열매 두 개를 앞에 놓았다. 그러나 늙은 싯다르타는 거들떠보지도 않았다.

어떤 손이 어깨를 건드렸고 그는 그 마비 상태에서 깨어났다. 부드럽고 조심스러운 그 손길이 누구의 것인지 당장에 알아차렸고, 곧 제정신으로 돌아왔다. 싯다르타는 몸을 일으켜 자기를 뒤쫓아온 바수데바를 맞았다. 그리고 바수데바의 다정한 얼굴을 바라보자, 온통 웃음으로 채워진 잔주름과 맑은 눈을 들여다보자, 싯다르타의 얼굴에도 웃음이 떠올랐다. 그는 그제야 비로소 자기 앞에 놓인 바나나를 보고, 바나나를 집어 한 개는 바수데바에게 주고 나머지 한 개는 자기가 먹었다. 그러고 나서 말없이 바수데바와 함께 숲을 지나 나루터로 돌아왔다. 두 사람 모두 아침에 일어난 일을 입에 올리지 않았다. 아무도 아이의 이름을 입에 올리지 않았고, 아무도 아이의 도망을, 상처를 말하지 않았다. 집 안에 들어서자 싯다르타는 잠자리에 누웠다. 잠시 후 바수데바가 야자유를 한 잔 주려고 다가갔을 때, 싯다르타는 이미 잠들어 있었다.

옴

그러고도 한동안 상처는 에는 듯 아팠다. 싯다르타는 아들이나 딸을 데리고 다니는 숱한 여행자를 건네주었다. 그리고 그들을 볼 때마다 부러워하며 생각했다.

'저토록 많은, 몇천의 사람이 가장 흐뭇한 이 행복을 누리고 있는데 왜 나는 그러지 못할까? 악인일지라도, 심지어 도적이나 강도라도 자식이 있고 자식을 사랑하며, 자식에게 사랑을 받는다. 그런데 유독 나만은 그렇지 못하구나.'

이렇게도 그는 단순하게, 이성(理性)을 떠난 생각을 했다. 이토록 그는 소인배와 닮아 있었다.

이제 그는 전과는 다른 시선으로 인간을 바라봤다. 현명하고 긍지에 차 있던 시선이 수그러들고, 그 대신 한결 온화하고, 한결 호기심과 관심을 가진 시선으로 바라봤다. 평범한 부류의 여행자들, 소인들, 상인들, 무사들, 여자들을 건네줄 때마다, 이런 사람들이 이전처럼 생소하게 보이지 않았다. 그는 그들을 이해했다.

사고(思考)와 분별이 아니고 오로지 충동과 욕망의 지배를 받는 그들의 생활을 이해했고 그 생활을 함께했다. 그는 자신이 그들과 같음을 느꼈다. 비록 완성의 경지에 가까이 와 있고 최후의 상처를 앓는 몸이라 할지라도, 그에게는 이 소인들이 형제처럼 여겨졌고, 그들의 허영심, 탐욕, 가소로운 행위가 이미 가소롭지 않게 되어버렸다. 그는 그것을 이해할 수 있었고, 사랑하게 되었고, 심지어 존경하기에 이르렀다. 아들에 대한 어머니의 맹목적인 사랑, 외아들에 대해 우쭐하는 아버지의 어리석고 맹목적인 자만, 허영에 들뜬 젊은 여인이 치장을 하고 남자의 눈을 끌려고 하는 분수 없이 맹목적인 노력, 이 모든 충동, 이 모든 어린애 같은 짓, 이 모든 단순하고 어리석은, 그러면서도 무섭게 강렬한, 강렬하게 살아 있고 강렬하게 자리를 차지하고 있는 충동과 탐욕이 지금의 싯다르타에게는 이미 어린애 장난이 아니었다. 그는 인간들이 그것 때문에 살아간다는 사실을, 그것 때문에 무한한 것을 이룩해낸다는 사실을 깨달았다. 여행도 하고 전쟁도 하고 무한한 고통을 겪고 무한하게 견뎌낸다는 사실을. 그리고 그는 그 때문에 그들을 사랑할 수 있었고 그들 각자의 번뇌 속에서, 그들 각자의 행위 속에서, 삶을, 불멸하는 생명을, 범(梵)을 보았다. 인간들의 맹목적인 충실 속에는, 그들의 맹목적인 강인함과 집요함 속에는 사랑스럽고 감탄할 만한 요소가 있었다.

그들에게는 결여된 것이 아무것도 없었다. 사고(思考)하는 지자(知者)가 그들보다 나은 점이란 단 한 가지, 실로 극히 적은 일, 의식하고 있다는 것, 모든 생의 단일성을 의식하여 사유한다는 것뿐, 그 밖의 다른 아무것도 없었다. 그리하여 싯다르타는 곧잘 의심하지 않을 수가 없었다. 대체 이 지식, 이 사상이라는 것을 그토록 높이 평가해도 좋은가? 이 또한 생각하는 사람, 생각하는 소인들의 어린애 장난이 아닐까? 이 한 가지 외에는 모든 면에서 세상 사람들도 현자에 못지않았고, 때로는 현자보다 훨씬 우월했다. 마치 끈덕지고 기탄 없는 필연적인 행동의 면에서는 동물들도 여러 순간 인간을 능가하는 것처럼 보일 수 있듯이.

본질적으로 지혜란 무엇이며 자신의 장구한 구도의 목표는 무엇인가에 대한 깨달음, 즉 인식이 싯다르타의 마음속에서 점점 꽃피고 성숙해갔다. 그것은 삶의 한가운데서 순간순간 단일의 개념을 생각하며, 단일을 느끼고, 들이마실 수 있는 내밀의 기술, 능력, 영혼의 태세 이외 아무것도 아니었다. 이러한 인식이 점점 그의 마음속에서 꽃피어갔고 바수데바의 늙은 동안(童顔)에서도 그를 향해 반사되어 나왔다. 조화(調和)가, 세계의 영원한 완전성에 대한 깨달음이, 웃음이, 단일성이.

하지만 상처는 여전히 에는 듯 아팠다. 애타게 간절하게 싯다르타는 아들을 생각하며 가슴속에 사랑과 애정을 간직하고 고통에 시달리며 온갖 사랑의 어리석음을 저질렀다. 이 불꽃은 저절로 꺼지지 않았다.

그러던 어느 날, 상처가 견딜 수 없이 쑤셔올 때, 싯다르타는 그리운 정에 쫓겨 강을 건너 맞은편 언덕에 올랐다. 그러고는 시내로 아들을 찾으러 가려고 했다. 강은 유유히 조용히 흘렀다. 때는 마침 가뭄철이었다. 그런데도 강의 소리는 기묘하게 울려왔다. 소리는 웃고 있었다! 분명히 웃고 있었다. 강은 분명히 늙은 뱃사공을 향해 웃었다. 싯다르타는 우뚝 서서 강의 소리를 더 잘 듣기 위해 물 위로 몸을 굽혔다. 그리고 조용히 흐르는 강물 속에 비치는 자신의 얼굴을 보았다. 이렇게 물에 비친 얼굴 속에는 그를 일깨워주는 무엇이, 잊어버린 무엇이 있었다. 그리고 곰곰이 생각하여 그 무엇을 알아냈다. 그 얼굴은 일찍이 그가 익숙하게 알고 사랑하며 아울러 두려워한 어느 얼굴과 닮았다. 그 얼굴은 브라만과 그의 부친의 얼굴과 닮은 모습이었다. 싯다르타는 일찍이 자기가 젊은 나이로 고행자에게 가려고 허락받기 위해 아버지를 억지로 조르던 일을 회상했다. 그리고 아버지와 이별한 일, 아버지를 떠나 다시는 되돌아가지 않은 일을 회상했다. 자신이 지금 아들 때문에 고통을 겪듯이 그의 아버지 역시 자기 때문에 똑같은 고통을 겪지 않았을까? 아버지께서는 벌써 오래전에, 아들을 다시는 못 본 채 외로이 돌아가신 것이 아닐까? 이 기이하고 어리석은 사건, 반복, 숙명적인 윤회의 순환은 한 토막 희극이 아니고 무엇이랴?

강은 웃었다. 그렇다, 궁극까지 괴로움을 겪어 해결되지 못한 모든 것은 다시금 되돌아오게 마련이었다. 끊임없이 되풀이하여 똑같은 번뇌를 겪게 마련이었다. 싯다르타는 다시 배를 타고 오두막으로 되돌아오고 말았다. 아버지를 생각하면서, 아들을 생각하면서, 강의 비웃음을 받으면서, 자신과 싸우며, 절망을 느끼며, 그러면서도 이에 못지않게 자신을 비롯하여 온 세계에 대해 커다랗게 웃어주고 싶은 기분을 느끼면서. 아아! 그러나 여전히 그의 상처는 아물지 않았고, 그의 마음은 여전히 운명에 반항했고, 그의 고뇌에서는 여전히 즐거움과 승리의 빛이 비치지 않았다. 그런데도 그는 희망을 느꼈다. 그래서 오두막으로 되돌아왔을 때에는 바수데바 앞에 자신을 고백하려는, 모든 것을 보여주려는, 듣는 데에 대가인 바수데바에게 모든 것을 말하려는, 누를 수 없는 욕구를 느꼈다.

바수데바는 집 안에 앉아 바구니를 엮고 있었다. 그는 이제 나룻배를 부리지 않았다. 시력이 약해지기 시작했기 때문이다. 시력뿐만 아니라 팔도 손도 약해졌다. 다만 얼굴의 기쁜 빛과 밝은 자비로움만은 변함없이 꽃피어 있었다.

싯다르타는 노인 곁에 앉아 천천히 말하기 시작했다. 지금껏 한 번도 말해본 적이 없는 것을 이제 이야기하기 시작했다. 그때 시내로 갔던 것에 대해, 찢어지는 듯 아픈 상처에 대해, 행복한 아버지를 볼 때마다 느꼈던 부러움에 대해, 그런 욕망의 어리석음을 깨달은 것에 대해, 그리고 자신이 그 욕망에 맞서 헛되이 싸워온 것에 대해 이야기했다. 그는 모든 것을 고백했다. 모든 것을, 가장 곤혹스러웠던 것까지도 말할 수 있었다. 모든 것이 되어 나왔고, 모든 것이 모습으로 보였다. 그는 모든 것을 설명할 수 있었다. 그는 그의 상처를 적나라하게 드러냈다. 오늘 자신이 도망친 일도 말했다. 시내로 갈 생각으로 강을 건넌 이야기, 유치한 도망 이야기, 강이 웃었다는 이야기를 했다.

그가 이렇게 오랜 시간 말하는 동안, 바수데바가 침착한 얼굴로 귀를 기울이는 동안, 싯다르타는 바수데바가 전에 없이 집중하여 듣고 있음을 느꼈다. 싯다르타는 자신의 고통과 자신의 불안이 바수데바에게 흘러들어감을, 또 자신의 은밀한 희망이 그에게 흘러들어가 다시금 자기에게로 되돌아옴을 느꼈다. 바수데바와 같은 청자에게 상처를 드러내 보이는 것은, 마치 상처가 싸늘하게 식을 때까지 강물 속에 담가 강과 하나가 되게 하는 것과 같았다. 이렇게 끊임없이 말하고 끊임없이 고백하며 참회하는 동안에, 싯다르타는 자기의 이야기를 듣는 대상이 이미 바수데바가 아니고, 인간이 아니라는 느낌을 점점 짙게 가졌다. 그리고 이렇게 꼼짝 않고 귀 기울이는 이 사람이 마치 나무가 빗물을 빨아들이듯 자기의 참회를 빨아들이고 있다는, 또한 그는 바로 신 자체이며 영원 자체라는 느낌이 점점 더해갔다. 이렇듯 싯다르타가 자기 자신과 자기의 상처에 대한 생각을 멈춘 동안, 바수데바의 본질이 달라졌다는 인식이 확실하게 느껴졌다. 그리고 그것을 느끼면 느낄수록, 몰입하면 할수록 모든 것이 더는 의아스럽지 않았고 자연스럽게 제대로 되어 있었다. 바수데바는 이미 오래전부터 어쩌면 애초부터 그러했고, 다만 싯다르타가 전혀 인식하지 못했을 뿐이며 실제로 자신도 바수데바와 거의 다를 바 없다는 것을 깨달았다. 그는 자기가 지금 늙은 바수데바를 보는 시선이 인간들이 신을 보는 시선과 같음을 느꼈다. 그리고 이런 느낌이 오래갈 수 없으리라는 것도 느꼈다. 그는 마음속으로 바수데바와 이별하기 시작했다. 그러면서도 여전히 말을 계속했다.

싯다르타가 말을 마쳤을 때, 바수데바는 다정한, 그리고 어느 정도 쇠약해진 시선을 친구에게 던졌다. 말은 없었지만 사랑과 밝음, 이해와 앎이 소리 없이 싯다르타에게 비쳐왔다. 그는 싯다르타의 손을 잡고 강변으로 끌고 가 같이 앉아 강을 향해 웃음을 보냈다.

"당신은 강의 웃음을 들었습니다. 그러나 모든 것을 들은 것은 아니지요. 우리 귀를 기울여봅시다. 더 많은 것이 들릴 겁니다."

두 사람은 귀를 기울였다. 강의 여러 가지 노랫소리가 고요하게 울려왔다. 싯다르타는 강물 속을 들여다봤다. 흐르는 물속에서 많은 영상이 비쳤다. 아들 때문에 슬퍼하는 그의 아버지의 모습이 외로이 비쳤다. 역시 멀리 떠난 아들에 대한 애착의 굴레에 묶여 있는 자기 자신의 모습이 외로이 비쳤다. 또 젊은이로서 자신이 소망하는 격렬한 길을 탐욕적으로 돌진하는 아들의 모습 역시 외로이 비쳤다. 그 모습들은 자기의 목적에 사로잡혀서 제각기 괴로워했다. 강은 괴로움의 노래를 불렀다. 애타게 강은 노래를 불렀다. 애타게 목적을 향해 흘러갔다. 강의 소리는 호소하듯이 울려왔다.

"듣고 계십니까?"

바수데바는 침묵의 시선으로 물었다. 싯다르타는 고개를 끄덕였다.

"더 잘 들어보십시오!"

바수데바가 속삭였다.

싯다르타는 더 잘 듣기 위해 애를 썼다. 그의 아버지의 모습, 자기 자신의 모습, 아들의 모습이 서로 뒤섞여 흘렀다. 또한 카말라의 모습도 나타났다가 녹아 흘렀다. 그리고 고빈다의 모습도, 그 밖의 여러 모습도. 그 모습들은 서로 뒤섞여 흐르며 모두가 강으로 바뀌었다. 모두가 강이 되어 강의 목적을 겨누며 흘러갔다. 애타게 갈망하며 괴로워하면서, 강물은 그리움에 가득 차고, 애타는 아픔으로 가득 차고, 누를 수 없는 욕망으로 가득 찬 소리를 내며 흘렀다. 강은 목적을 향해 매진했다. 싯다르타는 자기와 자기의 친구와 일찍이 그가 만난 모든 사람으로 이루어진 강물이 줄달음치며 흐르는 것을 보았다. 모든 물결은 괴로워하며 목적을 향해, 수많은 목적을 향해 줄달음쳤다. 폭포수를 향해, 호수를 향해, 격류를 향해, 바다를 향해. 그러고는 이 모든 목적이 달성되었고, 그러고 나면 새로운 목적이 그 뒤를 따랐다. 물은 수증기가 되어 하늘로 올라가 비가 되고, 비는 하늘에서 떨어져 샘이 되고 시냇물이 되고 강이 되어 새로운 목표에 이르려고 애쓰며 새로운 목표를 향해 흘렀다. 하지만 안타깝게 갈망하는 소리는 변했다. 여전히 그 소리는 괴로움으로 가득했고 추구하는 듯이 울렸지만 다른 소리들이 합류했다. 기쁨과 슬픔의 소리, 선과 악의 소리, 웃음과 탄식의 소리, 몇백의 소리, 몇천의 소리가 합류했다.

싯다르타는 귀를 기울였다. 이제 그는 완전히 듣는 사람이었다. 완전히 듣는 일에 심취하여, 완전히 비우고, 완전히 빨아들였다. 그는 이제 듣는 일을 끝까지 배웠음을 느꼈다. 이미 수도 없이 이 모든 소리를, 숱한 강의 음성을 들었다. 그런데 오늘은 새롭게 들렸다. 어느덧 그는 숱한 음성들을 구별하여 들을 수가 없게 되었다. 우는 소리에서 기쁜 소리를, 어른의 소리에서 아이의 소리를 구별하여 들을 수가 없었다. 모든 소리는 한데 얽혀 있었다. 동경(憧憬)의 탄식과 지자(知者)의 웃음소리, 분노의 외침과 죽어가는 자의 신음 소리, 이 모든 것이 하나가 되었고 모든 것이 뒤섞여 짜이고 맺어져 천 번 만 번 뒤얽혔다. 그리고 이 모든 것이 묶여서, 모든 소리, 모든 목표, 모든 갈망, 모든 번뇌, 모든 쾌락, 모든 선과 모든 악, 이 모든 것이 합쳐져서 세상이 되었다. 이 모든 것이 합쳐져서 생성의 강이요, 삶의 음악이 되었다. 그리고 싯다르타가 주의를 모아 이 강의 몇천 가지 노래에 귀 기울였을 때에, 그에게 번뇌도 웃음도 이미 구별하여 들리지 않았을 때에, 그가 자신의 영혼을 어느 한 소리에 묶어 자아를 그 음성 속에 몰입시키지 않고 모든 소리를, 전체를, 단일의 것을 들었을 때에, 비로소 몇천 소리의 위대한 노래가 단 한마디의 말로 이루어졌다. 그 말은 완성의 뜻 '옴'이었다.

"듣고 계십니까?"

바수데바의 시선은 다시금 물었다.

바수데바의 웃음이 밝게 빛났다. 그의 노안의 주름살마다 온통 웃음이 찬란히 떠올라 있었다. 마치 강물의 소리마다에 '옴'이 떠 있듯이, 친구를 바라다볼 때 그의 얼굴은 웃음으로 밝게 빛났다. 싯다르타의 얼굴에도 똑같은 웃음이 밝게 빛났다. 싯다르타의 상처는 꽃이 피었고, 번민은 빛을 발했고, 자아는 단일 속으로 흘러들었다.

이 순간 비로소 싯다르타는 운명과의 투쟁을 그쳤다. 번민을 그쳤다. 그의 얼굴에는 어떠한 의지도 그것에 맞설 수 없는 깨달음의 열락이 꽃피어 있었다. 완성을 인식했다는 깨달음, 생성의 강, 삶의 흐름과 일치했다는 깨달음, 더불어 찾아온 괴로움, 더불어 찾아온 기쁨에 충만한 채 흐름에 귀의해버리고 단일(Einheit)에 속했다는 깨달음의 즐거움이.

바수데바는 강변의 자리에서 몸을 일으키며 싯다르타의 눈 속에서 깨달음의 열락이 빛나는 것을 보고는 부드러운 태도로 싯다르타의 어깨를 살그머니 짚으며 말했다.

"사랑하는 친구여, 나는 이 시간이 오기를 기다렸습니다. 이제 때가 왔습니다. 나는 떠나겠습니다. 오랫동안 이 시간을 기다렸지요. 오랫동안 나는 뱃사공 바수데바였습니다. 이제 그 일도 충분히 했습니다. 잘 있게, 오두막집. 잘 있게, 강아. 안녕히 계시오, 싯다르타!"

싯다르타는 떠나가는 친구에게 깊이 머리 숙여 절했다.

"알고 있었습니다. 당신은 숲으로 가시렵니까?"

싯다르타가 나지막이 말했다.

"숲으로 가겠습니다. 나는 단일의 세계로 가렵니다."

바수데바는 광휘에 싸여 말했다.

광휘에 싸여 그는 떠나갔다. 싯다르타는 그의 뒷모습을 바라봤다. 깊은 기쁨과 깊은 진심으로, 바수데바의 뒷모습을 바라봤다. 평화에 가득 찬 걸음걸이를, 후광을 쓴 머리를, 빛나는 자태를 바라봤다.

고빈다

한번은 고빈다가 노정(路程) 중에 다른 승려들과 더불어, 기생 카말라가 고타마의 제자들에게 시주한 별장에 머무르게 되었다. 그는 거기서 하룻길쯤 떨어진 강가에 많은 사람한테 현자라고 존경받는 늙은 뱃사공이 산다는 소문을 들었다. 고빈다는 그 뱃사공을 보고 싶은 생각이 간절하여 길을 떠나면서 나루터로 가는 길을 선택했다. 사실 고빈다 자신도 긴 생애 동안 불법(佛法)을 좇아 살아왔고, 그가 살아온 연륜과 겸허한 마음 때문에 젊은 승려들의 경외심을 받고 있었지만, 아직도 마음속에는 불안과 구도하는 마음이 꺼지지 않았기 때문이다

그는 강가에 이르러 노사공에게 건네주기를 청했다. 그리고 건너편 언덕에 다다라 배에서 내리며 노인에게 말했다.

"당신은 우리 승려들과 순례자를 위해 퍽 좋은 일을 하고 계시오. 이미 우리 중에서 무수한 사람을 건네주셨소. 사공이여, 당신 역시 옳은 길을 가고자 구도하는 사람이 아니시오?"

싯다르타는 늙은 두 눈에 웃음을 띠며 말했다.

"당신은 자신을 일러 구도자라고 부르십니까? 오오, 스님이시여, 당신은 이미 고령에 달하셨고 고타마의 승복을 입고 계시지 않습니까?"

"그렇소이다. 나는 늙었지요."

고빈다가 말했다.

"그렇지만 아직도 나는 구도를 멈추지 않았소이다. 앞으로도 영원히 구도를 멈추지 않을 겁니다. 그것이 내 사명이라고 생각합니다. 그런데 당신 역시 나한테는 구도자처럼 보입니다. 존경하는 이여, 나한테 한 말씀 들려주시지 않겠습니까?"

싯다르타는 말했다.

"스님이시여, 나 같은 것이 무슨 드릴 말씀이 있겠습니까? 혹 스님께서는 너무 지나치게 구하시는 것은 아닌가요? 구하기에 전념한 나머지 찾지 못하는 게 아닐까요?"

"어째서 그렇습니까?"

고빈다가 물었다.

싯다르타가 말했다.

"모름지기 누구나 구할 때에는 그의 눈이 다만 구하는 물건에만 쏠리어 아무것도 발견 못 하고 아무것도 자기 안에 받아들이지 못하기 십상이지요. 항상 구하는 대상만을 생각하고 하나의 목적을 가지고 그 목적에 사로잡혀 있기 때문입니다. 구한다 함은 하나의 목적을 갖는 거지요. 발견한다 함은 자유롭게 열려 있는 상태요, 목적을 갖지 않는 겁니다. 스님이시여, 당신은 아마도 과연 구도하는 사람일 겁니다. 왜냐하면 당신은 당신의 목적을 향해 애를 쓰며 눈앞에 가까이 있는 많은 것을 놓치니까 말씀입니다."

"아직 완전히 알아들을 수가 없습니다. 대체 당신은 무엇을 말씀하는 건가요?"

고빈다가 청했다.

싯다르타가 말했다.

"스님이시여, 언젠가 벌써 여러 해 전에 당신은 이미 이 강가에 오신 적이 있습니다. 그때 당신은 강변에 누워 자는 한 사람을 발견한 후 그가 자도록 지켜주기 위해 그 옆에 앉아 계신 적이 있었지요. 그런데도, 오오, 고빈다, 자네는 그 잠자는 사람을 알아보지 못하는군."

마술에 걸린 사람처럼 어안이 벙벙하여 승려는 뱃사공의 눈을 들여다봤다.

"자네는 싯다르타가 아닌가?"

고빈다가 겁먹은 음성으로 물었다.

"이번에도 나는 자네를 몰라볼 뻔했네! 진심으로 반갑네, 싯다르타. 자네를 다시 보게 되다니, 진심으로 기쁘네! 자네는 정말 변했군. 친구여, 그러니까 자네는 뱃사공이 된 건가?"

싯다르타는 다정하게 웃었다.

"뱃사공, 그렇지. 모름지기 수많은 사람이 많은 변화를 겪지, 고빈다. 그리고 여러 의상을 입게 마련이지. 나도 그중 한 사람이네, 친구여. 반갑군, 고빈다. 오늘 밤은 내 오두막에서 머무르고 가게."

고빈다는 그 밤을 머무르며 일찍이 바수데바가 쓰던 침상에서 잠을 잤다. 그는 젊은 날의 친구에게 수많은 질문을 했고, 싯다르타는 자기의 지나간 생에 대해 많은 이야기를 할 수밖에 없었다.

이튿날 아침 하루의 여정을 내디디려 할 때 고빈다는 서슴지 않고 이런 말을 했다.

"길을 떠나기 전에 한 가지 더 묻고 싶은 게 있네, 싯다르타. 자네는 어떤 교리를 가지고 있나? 자네가 좇고, 자네를 살게 하며, 자네가 올바른 행위를 하도록 도와주는, 무슨 신앙이나 지식을 가지고 있는가?"

싯다르타가 대답했다.

"사랑하는 친구여, 자네도 알 걸세. 청년 시절 우리가 숲속에서 고행자들과 같이 살던 그때 나는 교리와 스승에 불신을 느끼고 떠났다는 것을. 지금도 내 생각에는 여전히 변함이 없네. 그래도 나는 그 이후로 수많은 스승을 가졌지. 어느 아름다운 기생이 오랫동안 나의 스승이었고, 한 부호 상인도 나의 스승이었고, 몇 사람의 노름꾼도 나의 스승이었네. 언젠가 순례하던 붓다의 제자도 나의 스승이었네. 그는 순례하는 도중에 숲속에서 잠든 내 옆에 앉아 있었지. 그에게서도 나는 배웠네. 그에게도 감사하는 마음이지. 그렇지만 나는 그 누구보다도 이 강에서 배웠네. 그리고 나보다 앞서 있었던 뱃사공, 바수데바에게서도 배웠네. 그는 너무나도 소박한 사람이었네. 바수데바는 결코 사색가는 아니었지. 하지만 필연적인 것을 알고 있었네. 고타마에 못지않게 그는 완성자요, 성자였지."

고빈다가 말했다.

"오오, 싯다르타, 자네는 여전히 조롱하기를 좋아하는군. 나는 자네를 믿네. 그리고 자네가 어떤 스승도 따르지 않았다는 걸 알지. 그렇지만 비록 교리는 아닐지라도 자네 자신의 것이며 자네의 삶을 도와주는 어떤 확고한 사상, 어떤 확실한 인식을 자네 스스로 발견하지 않았을까? 이 점을 나한테 말해준다면 진심으로 기쁠 걸세."

싯다르타는 말했다.

"그렇다네. 나는 언제나 사상을 가져왔고, 인식을 가져왔지. 나는 곧잘, 한 시간 동안 또는 하루 동안 내 마음속에서 앎을 느껴왔네. 마치 우리가 심장 안에서 생명을 느끼듯이 말이지. 그것은 여러 가지 사상이었네. 하지만 그것을 자네한테 전달하기는 어려울 걸세. 보게나, 고빈다. 내가 발견한 나의 사상 가운데 한 가지는 이런 것일세. 즉 지혜란 선날될 수 없다는 말이지. 현자가 전달하고자 애쓰는 지혜의 소리는 항상 어리석게 울리는 법이네."

"자네는 농담을 하는구먼."

고빈다가 말했다.

"농담이 아닐세. 내가 발견한 것을 말하는 걸세. 지식은 전달할 수 있어도 지혜는 전달할 수 없다는 것을. 우리는 지혜를 발견할 수 있고, 지혜롭게 살 수 있고, 지혜의 힘을 입어 열매를 맺을 수도 있고,

지혜를 써서 기적을 행할 수도 있지만, 지혜를 말하거나 가르칠 수는 없네. 이야말로 내가 이미 청년이었을 때부터 여러 차례 예감한 사실이요, 내가 스승을 떠난 이유였네. 나는 한 가지 사상을 발견했네, 고빈다. 자네는 또다시 농담이나 어리석은 말로 여길지 모르겠지만, 내가 지닌 최고의 사상이지. 즉, 모든 진리는 그 반면(反面)도 똑같이 진리라는 걸세! 따라서 진리는 그것이 단면적일 때에만 발음이 되어 나오고 언어로 쌀 수 있네. 사색할 수 있고 언어로 표현할 수 있는 모든 것은 단면적인 것이요, 반쪽이요, 전체가 못 되고 원(圓)이 못 되고 단일의 것이 못 되네. 그러니까 지존 고타마께서 세계에 대해 가르치실 때에, 세계를 윤회와 열반, 미망과 진실, 번뇌와 해탈로 나눌 수밖에 없었던 걸세. 달리 어쩔 수 없는 거네. 가르치고자 하려면 다른 방도가 없네. 그렇지만 세계 자체는, 우리를 에워싸고 있고 우리 마음속에 있는 존재자는, 결코 일면적이 아니지. 어느 인간이나 어느 행위가 완전히 윤회이거나 완전히 열반일 수는 없다네. 어느 인간이나 완전히 성자이거나 완전히 죄인일 수는 없지. 그것이 그렇게 보이는 이유는 우리가 시간이란 실재하는 거라고 생각하는 미망에 빠져 있는 까닭이네. 시간이란 실재하는 게 아닐세, 고빈다. 나는 그것을 문득 체험했지. 이렇게 시간이 실재하지 않는다면, 세계와 영원 사이의, 번뇌와 행복 사이의, 악과 선 사이의 틈(間隔) 또한 미망일 걸세."

"어째서 그런가?"

고빈다는 불안스럽게 물었다.

"들어보게, 사랑하는 친구여, 잘 들어보게나! 나나 자네 같은 죄인은 지금은 죄인이지만, 언젠가는 다시금 범(梵)이 되고 언젠가는 열반에 이르고 붓다가 될 거네. 그런데 보게. 이 '언젠가는'이 미망이요, 한낱 비유에 지나지 않는 걸세. 죄인은 부처가 되는 도중에 있지 않다네. 우리의 사고(思考)로는 사물을 달리 표상할 수 없겠지만 죄인은 발전해가는 도상에 있는 게 아니라네. 아니, 죄인 속에, 지금 오늘 이미 미래의 부처가 있는 걸세. 죄인의 미래는 이미 모두 죄인 안에 있는 거지. 그러니 자네는 죄인 속에서, 자네 속에서, 모든 사람 속에서, 형성되어가고 있는, 가능한 한 숨은 부처를 존경해야 할 거네. 친구 고빈다여, 세계는 불완전하지 않네. 그렇다고 완전을 향해 서서히 걸어가고 있지도 않네. 아니, 세계는 순간마다 완전하지. 모든 죄는 이미 그 안에 은총을 품고 있네. 모든 어린애 속에는 이미 백발 노인이, 모든 젖먹이 속에는 이미 죽음이, 모든 죽어가는 존재 속에는 이미 영생이 깃들어 있지. 우리는 다른 사람이 자신의 길을 얼마나 멀리 걸어갔는지 알 수 없다네. 그걸 아는 건 누구든 불가능하네. 도적이나 노름꾼 속에도 부처가 있고 브라만 속에도 도적이 도사리고 있는 법이네. 시간을 지양하고, 모든 있었던 생, 있는 생, 있을 생을 동시에 볼 수 있는 가능성은 깊은 명상 속에 있네. 그렇게 되면 모든 것은 선이며, 모든 것은 완전하고, 모든 것은 범(梵)이라네. 그렇기 때문에 내게는 모름지기 존재하는 것은 선으로 보이며, 죽음은 삶으로, 죄악은 성스러운 것으로, 지혜로움은 어리석음으로 보이네. 모든 것은 그래야만 하며 모든 것은 다만 나의 동의(同意), 나의 호의, 나의 다정한 이해를 요구할 뿐이지. 그러니 내게 모든 것은 선이며, 모두 나를 고무시켜주되 아무것도 나를 해하지 않네. 나는 나의 육체와 영혼으로 이런 체험을 했다네. 즉 내가 죄악을 절실히 필요로 하고 있다는 것을 말이네. 나는 쾌락과 물질적인 탐욕, 허영이 필요했고, 뒤도 안 보고 버려버릴 자포자기까지도 필요했네. 반항을 포기하는 것을 배우기 위해, 세계를 사랑하는 것을 배우기 위해, 현실의 세계를 내가 희망하고 내가 상상해낸 어떤 세계, 내가 고안한 완전한 유(有)의 세계와 동렬(同列)에 놓지 않고, 세계를 있는 그대로 인정하고 사랑하며 기꺼이 그 세계에 속하기 위해 말일세. 오오, 고빈다. 이것이 내가 도달한 사상의 몇 가지일세."

싯다르타는 몸을 굽혀 땅바닥에서 돌을 하나 들어 손안에서 흔들었다.

"여기 이것은 하나의 돌이네."

그는 돌을 가지고 놀면서 말했다.

"이것은 일정한 시간이 지나면 필시 흙이 될 걸세. 그리고 그 흙에서 나무가 자랄 걸세. 또는 동물이, 또는 사람이 될 걸세. 이전 같으면 나는 이렇게 말했을 거네. '이 돌은 다만 돌일 뿐이다. 돌은 아무런 가치도 없고 미망의 세계에 속한 것이다. 하지만 이 돌도 변화의 윤회를 거치는 동안에 인간이 되고 정신이 될 수도 있는 까닭에 나는 이 돌에도 가치를 부여한다'라고. 그렇게 이전에는 생각했을 거네. 그렇지만 오늘 나는 이렇게 생각하네. 이 돌은 돌이요, 이 돌은 또한 동물이요, 또한 신이요, 부처라고. 내가 이 돌을 존경하고 사랑하는 것은 언젠가 이 돌이 이런 또는 저런 물건이 될 가능성 때문이 아니라 돌은 태초부터 영구히 그 모든 것이기 때문이라고. 그리고 돌은 돌이며 이날 이 시간 돌로서 내 눈에 비친다는 것, 바로 그 점 때문에 나는 돌을 사랑하네. 그리고 이 돌의 줄무늬와 움푹 파인 곳 하나하나에서, 누런빛에서, 잿빛에서, 딱딱함에서, 내가 두들기면 나는 울림에서, 돌의 표면의 습기나 또는 건조함에서, 그대로의 가치와 의미를 보네. 물 중에는 기름 같은 또는 비누 같은 촉감을 느끼게 하는 것이 있고, 어떤 것은 나뭇잎 같은 촉감을, 어떤 것은 모래알 같은 촉감을 지녔지. 이렇듯 제각기 특징을 지니고 특유한 방식으로 옴을 부르는 걸세. 모두가 범(梵)이라네. 하지만 동시에 역시 물이며 기름 같거나 비누 같은 거지. 실로 이 점이야말로 내 마음에 드는 점이고, 내 눈에 신기하게 비치는 점이며, 숭배할 가치를 지니게 하는 점이라네. 하지만 이야기는 그만두세. 무릇 말이란 내밀한 의미에 이릅지 못하네. 말로 표현되어 나온 것은 무엇이든 항상 조금씩은 다른 것이 되어버리지. 조금은 변조되고 조금은 어리석어지게 마련이지. 그렇군. 그 점 역시 대단히 좋은 거라네. 어떤 인간에게는 보물이며 지혜로운 것이 다른 사람한테는 항상 어리석게 들린다는 것, 그 점을 나는 좋게 생각하며 잘 이해하고 있네."

고빈다는 말없이 귀를 기울였다.

"왜 자네는 하필 물에 대해 말해주었나?"

잠시 후 고빈다가 주저하면서 물었다.

"특별한 의도는 없었네. 혹시 어쩌면, 내가 바로 돌을, 강을, 즉 우리가 관찰하고 가르침을 받을 수 있는 이 모든 사물을 사랑한다는 것을 의미했겠지. 하나의 돌을 나는 사랑할 수 있네, 고빈다. 또한 한 그루의 나무나 한 조각의 나무껍질을 사랑할 수 있네. 그것은 물건이지. 우리는 물건을 사랑할 수는 있네. 하지만 나는 말〔言語〕은 사랑할 수 없네. 그 때문에 가르침은 내게 아무런 소용이 없네. 가르침은 딱딱함도, 부드러움도, 빛깔도, 모서리도, 향기도, 맛도 가지고 있지 않지. 그것은 다만 말 이외에는 아무것도 아니라네. 아마도 평화를 찾는 데 자네를 방해하는 것은 바로 이 말일 걸세. 아마도 너무나 많은 말일 걸세. 해탈과 덕성, 윤회와 열반 또한 모두 말에 불과하다네, 고빈다. 열반이라고 할 수 있는 물건은 존재하지 않지. 다만 열반이라는 말이 있을 뿐이네."

고빈다가 말했다.

"열반은 단지 한마디 말만은 아니네, 친구여. 그것은 하나의 사상이라네."

싯다르타는 말을 이었다.

"하나의 사상, 그럴지도 모르지. 자네한테 고백하지만, 친구여, 나는 사상과 말 사이에 큰 차이를 모르겠네. 솔직히 말하면 나는 사상이라는 것에도 큰 비중을 두지 않네. 나는 물건을 더 소중히 여긴다네. 이를테면 여기 이 나루터에는 나의 선배요 스승인 한 남자가 있었네. 그는 오랜 세월 겸허하게 강만을 믿어온, 그 밖의 아무것도 믿지 않은 성자였다네. 그는 강의 음성이 자기를 향해 말한다는 것을 깨달았고, 그 음성에서 가르침을 받았지. 물소리는 그를 길러내고 그를 가르쳤다네. 강은 그에게 신이었던 걸세. 오랜 세월이 흐르도록 그는 모든 바람, 모든 구름, 모든 새, 모든 벌레도 강과 똑같이 신성을 지녔으며, 존경하는 강과 똑같이 많이 알며 가르칠 수 있다는 것을 미처 깨닫지 못했다네. 하지만 이 성자가 숲속으로 떠날 때, 그는 모든 것을 깨달았네. 스승도 없이 책도 없이 자네나 나보다 훨씬 더 많은 것을 깨달았네. 그 이유는 오로지 그가 강을 믿었기 때문이지."

고빈다는 말했다.

"자네가 '물건'이라고 칭하는 것은 대체로 현실적인 것, 실재적인 것을 말하는 건가? 그것은 미망이라는 속임수, 다만 그림이며 환영에 불과한 게 아닐까? 자네의 돌, 자네의 나무, 자네의 강, 그것들은 도대체 현실적인 걸까?"

싯다르타는 말했다.

"그것 또한 내게는 큰 관심사가 아니라네. 물건이 환영이라면, 그때에는 나 또한 환영이 아니겠나. 그리고 그것들은 언제나 나와 동류(同類)가 아니겠나. 이 점이야말로 그것들이 내게 그토록 사랑스럽고 존경할 만하게 보이는 까닭이라네. 즉 그것들은 나와 동일하다는 거지. 그렇기 때문에 나는 그것들을 사랑할 수 있네. 그리고 이것은 자네가 웃을 일종의 교리지만, 오오, 고빈다, 내가 보기에는 사랑이야말로 무엇보다도 중심되는 거라고 생각하네. 세계를 통찰하고, 세계를 해명하며, 세계를 경멸하는 것은 위대한 사상가들의 일일 걸세. 내게 유일한 관심사는 세계를 사랑하는 것, 세계를 경멸하지 않는 것, 세계와 나를 미워하지 않고, 세계와 나 그리고 모든 존재를 사랑과 경탄과 경외의 마음으로 바라보는 거라네."

"그것은 나도 이해하네."

고빈다는 말했다.

"그렇지만 지존께서는 바로 그 점을 속임수로 인식하지 않으셨네. 지존께서는 호의와 관용, 동정, 인내를 권유하셨지만 사랑은 권유하지 않으셨다네. 그는 우리의 마음이 속세에 대한 사랑에 얽매이는 것을 금지하셨네."

"나도 그 점은 아네."

싯다르타는 말했다. 그의 웃음은 금빛으로 빛났다.

"나도 그 점을 알고 있네, 고빈다. 그러나, 보게나. 우리도 지금 의견들의 총림 속에, 말을 위한 논쟁 속에 빠져드는 걸세. 사실, 사랑에 관한 나의 말은 고타마의 말씀에 반대됨을, 표면상으로는 반대됨을 나도 부인할 수 없기 때문일세. 바로 이 점 때문에 나는 말이라는 것을 도저히 신용하지 않네. 왜냐하면 나의 말이 고타마의 말씀에 반대된다 함이 착각이라는 것을 나는 알기 때문일세. 나와 고타마는 일치한다는 것을 나는 아네. 도대체 어찌 그가 사랑을 모르실 리가 있겠나? 모든 인간의 존재를 무상하다고, 무(無)라고 간파하셨고, 그럼에도 자신의 길고 수고스러운 생애를 오로지 중생을 구원하고 가르치는 데 바칠 만큼 그토록 인간을 사랑하신 그가 말일세! 고타마에게서도, 자네의 위대한 스승에게서도, 말보다는 사실이 중요하다고 생각하네. 그의 행위와 삶이 그의 말씀보다 가치 있으며, 그의 손의 움직임이 그의 의견보다 가치 있다고 생각하네. 나는 말씀이나 사상 속에서 그의 위대함을 보는 것이 아니라 오로지 행위 속에서, 삶 속에서 그의 위대함을 보네."

두 노인은 오랫동안 침묵을 지켰다. 얼마 후 고빈다는 작별하려고 허리를 굽혀 인사하며 말했다.

"자네 사상의 일단을 말해주어 고맙네, 싯다르타. 한편으로는 기이한 사상이어서 나로서는 당장에 전부를 이해할 수는 없네그려. 그 뜻이 옳기를 바라네. 고맙네. 그리고 평온한 날을 보내기를 축원하네."

(그러면서도 고빈다는 마음속으로 이렇게 생각했다. 이 싯다르타는 이상한 인간이다. 그는 이상한 사상을 말한다. 그의 가르침은 어리석게 들린다. 지존의 빈틈없는 가르침은 이와는 다르다. 한결 명료하고 순수하고 이해하기 쉬우며 아무런 이상하거나 어리석거나 우스꽝스러운 요소가 내포되어 있지 않다. 그렇지만 싯다르타의 손과 발, 눈, 이마, 그의 호흡과 웃음, 그의 인사와 걸음걸이는 그의 사상과는 다르게 보인다. 우리의 지존 고타마가 열반에 이르신 후 나는 이분이야말로 성자시다!라고 느낀 사람을 한 번도 만나본 적이 없었다. 그런데 지금 오로지 이 한 사람, 싯다르타에게서 그 점을 발견했다. 그의 가르침은 이상할지라도, 그의 말은 어리석게 들릴지라도, 그의 눈빛과 손, 그의 피부와 머리털, 그의 전체가 순수함의 빛을 발한다. 평안과 즐거움과 자비로움, 성스러움의 빛을 발한다. 이야말로 우리의 지존께서 입멸하신 후 다른 어느 누구에게서도 발견하지 못한 것이 아닌가.)

고빈다는 이렇게 생각하면서 마음속에 갈등을 느끼면서도, 사랑에 이끌리어 싯다르타에게 다시 한번 고개를 숙였다. 그리고 조용히 앉아 있는 싯다르타 앞에 깊이 머리 숙여 절을 했다.

"싯다르타."

고빈다는 말했다.

"우리는 노인이 되었네. 이승에서 다시 만나기는 어려울 걸세. 사랑하는 친구여, 자네는 평화를 찾은 것처럼 보이네. 나는 평화를 찾지 못했음을 고백하네. 존경하는 친구여, 내가 알아듣고 이해할 수 있는 무슨 말을 한마디만 해주게나! 나의 길에 유익한 무엇을 말해주게나. 나의 길은 험난하고 어둡네그려, 싯다르타."

싯다르타는 아무 말 없이, 변함없이 고요한 웃음을 띠고 친구를 바라봤다. 고빈다는 불안과 동경의 눈빛으로 친구의 얼굴을 응시했다. 그의 눈빛에는 고뇌와 영원한 갈구가, 그리고 영원히 찾지 못하는 안타까움이 서려 있었다.

싯다르타는 그것을 보고 웃음을 지었다.

"내게 몸을 굽히게!"

그는 나직이 고빈다의 귀에다 속삭였다.

"내게로 몸을 굽히게! 자, 좀 더 가까이! 바싹 가까이! 이마에 키스를 하게, 고빈다!"

고빈다는 의아스럽게 생각하면서도 커다란 사랑과 예감에 이끌려 친구의 말을 좇아 그에게 가까이 몸을 굽혀 이마에 입술을 댔다. 그때 그에게는 놀라운 일이 일어났다. 그의 생각은 여전히 싯다르타의 야릇한 말에 머물러 있는데, 그는 여전히 시간을 없는 거라고 생각하려고, 열반과 윤회를 하나로 생각하려고 헛되이 마지못해 노력을 하고 있는데, 그뿐만 아니라 친구의 말을 약간 경멸하는 마음과 친구를 엄청나게 사랑하고 존경하는 마음이 내부에서 싸우고 있는데, 이런 일이 일어난 것이다.

그의 눈에는 이미 친구 싯다르타의 얼굴이 보이지 않았다. 그 대신 다른 얼굴들이 보였다. 수많은 얼굴의 긴 행렬, 강물처럼 흐르는 수백수천의 얼굴이 한결같이 나타났는가 하면 사라졌고, 그러면서도 역시 모두가 동시에 그곳에 있는 듯이 보였다. 그 얼굴들은 모두가 끊임없이 변하여 새로운 얼굴이 되었고, 또 그 얼굴들은 역시 모두가 싯다르타의 얼굴이었다. 고빈다는 물고기의 얼굴을 보았다. 끝없는 고통 속에 아가리를 벌린 한 마리의 잉어, 찢어진 눈을 하고 죽어가는 물고기의 얼굴을 보았다. 그는 주름투성이로 잔뜩 찌푸리고 우는 새빨간 갓난아이의 얼굴을 보았다. 그는 한 살인자의 얼굴을, 그 살인자가 단도로 사람을 찌르는 모습을 보았다. 그와 동시에 이 살인자가 결박당하여 꿇어앉은 채 형리가 내리치는 칼에 목이 달아나는 것을 보았다. 그는 광적인 사랑의 교전(交戰)의 자세를 한 벌거숭이 남녀의 몸뚱이를 보았다. 그는 말없이 싸늘하게, 허무한 모습으로 사지를 뻗은 시체를 보았다. 그는 동물들의 머리를 보았다. 산돼지의 머리, 악어의 머리, 코끼리의 머리, 황소의 머리, 새들의 머리를. 그는 신들을 보았다. 크리슈나*와 아그니**를 보았

---

* Krishna. 비슈누의 여덟 번째 화신으로 영웅을 상징한다.

** Agni. 인도의 신으로 인간과 신 사이의 중간자다. 인간을 감시하고 보호하는 역할을 한다.

다. 그는 이 모든 형상과 얼굴이 서로 천태만상으로 뒤얽혀 서로 다른 것을 도와주고 사랑하며, 미워하고 파괴하며, 새로이 낳는 것을 보았다. 그 하나하나는 죽음을 원하는 존재요, 무상함을 심히 고통스럽게 고백했다. 그런데도 죽는 것은 아무것도 없었다. 다만 변화할 뿐이며 끊임없이 새로이 태어나며 끊임없이 새로운 얼굴을 가졌다. 하지만 한 얼굴과 다른 얼굴 사이에는 시간이 버티고 있는 것 같지가 않았다. 그리고 이 모든 형상과 얼굴들은 쉬며 흐르며 생성되며 헤엄치며 뒤엉켜 흘러갔다. 그리고 이 모든 것 위로 끊임없이 엷은 무엇이, 무형의 무엇이, 그러면서도 실재하는 무엇이 뒤덮여 있었다. 엷은 유리나 얼음처럼, 투명한 막처럼, 껍질처럼, 또는 액체로 된 틀이나 가면처럼. 그 가면은 웃음 짓고 있었다. 그리고 이 가면이 곧 싯다르타가 웃음 지은 얼굴이었다. 바로 그 순간 고빈다가 입술을 댄 싯다르타의 얼굴이었다. 그리고 또한 고빈다는 보았다. 이 흐르는 형체 위의 가면의 웃음을, 단일의 웃음을, 몇천의 태어남과 죽음을 동시적(同時的)으로 보는 웃음을. 이 싯다르타의 웃음이야말로 바로 저 고타마, 붓다의 웃음이었다. 고빈다 자신이 한없이 외경의 마음으로 우러러 보던, 고요하며 기품 있고 꿰뚫을 수 없는 웃음, 자비한 것도 같고 비웃는 것도 같으며 현명한 붓다의 몇천 가지 웃음, 바로 그것이었다. 완성자들은 그렇게 웃음 짓는다는 것을 고빈다는 깨달았다.

시간이라는 것이 존재하는지, 이 관조가 찰나의 일이었는지 백년 동안 지속되었는지 의식하지 못하며, 그것이 싯다르타인지 고타마인지, 나와 너가 존재하는지 어떤지 의식하지 못하면서, 신의 화살에 심장을 맞아 상처를 입었으되 그 상처를 달콤하게 느끼듯이, 마음속 깊이 황홀과 구제를 느끼면서 고빈다는 한동안 그대로 선 채 싯다르타의 고요한 얼굴 위로 몸을 굽혔다. 지금 막 자기가 입맞춤한 얼굴, 모든 형상과 모든 생성, 모든 존재의 무대였던 얼굴 위로. 천태만상의 깊이가 얼굴 표면 밑에서 다시금 닫히고 난 뒤에도, 싯다르타의 얼굴은 변함이 없었다. 그는 소리 없이 웃음 짓고 있었다. 고요하고 온화하게 웃음 짓고 있었다. 자비하기 이를 데 없는 것도 없고, 조롱에 가득 찬 것도 없이, 지존의 웃음과 똑같이 싯다르타는 웃고 있었다.

고빈다는 깊이 몸을 굽혀 절했다. 알 수 없는 눈물이 그의 나이 든 얼굴 위로 흘러내렸다. 그의 심장에서는 진심에서 우러나오는 사랑의 느낌과 겸허한 존경심이 불길처럼 타올랐다. 그는 깊이 몸을 굽혀 움직일 줄 모르고 앉아 있는 싯다르타 앞에 땅에 닿도록 절했다. 싯다르타의 웃음은 고빈다가 일찍이 그의 생애 동안 사랑해온 모든 것을, 일찍이 그의 생애에서 가치 있고 성스러웠던 모든 것을 떠오르게 했다.

작품 해설

헤르만 헤세는 1877년 독일 뷔르템베르크의 칼프에서, 선교사인 아버지와 동인도 태생으로 동양학자 군데르트의 딸인 어머니 사이에서 태어났다. 그는 아버지의 뒤를 이어 목사가 되려 했지만 엄격한 신학교 생활에 적응하지 못하고 도망쳐 나와 시계 부품 공장 수습공, 서섬 직원 등 방랑 생활을 하다가 작가가 되었다.

헤세는 1904년 아홉 살 위인 사진작가 마리아 베르누이와 결혼했다가 1919년 헤어졌고 1923년에 정식 이혼했다(이때의 생활이《로스할데》에 나타나 있다). 이후 1931년에 미술사학자 니논 돌빈을 만나 결혼했다.

1912년 이후 헤세는 스위스의 베른으로 이주하여 살다가 1차 세계대전 후에는 남스위스 몬테뇰라에 정착하여 국적도 옮겨버렸다.

헤세는 현대 작가 중에서 가장 긍정적인 세계관을 가진 작가로 알려져 있고, 그런 면에서 토마스 만과 자주 비교된다. 헤세의 창작기를 대체로 세 단계로 나누는데, 첫 단계의 작품은《페터 카멘친트》(1904),《수레바퀴 아래에서》(1906),《로스할데》(1914),《크눌프》(1915) 등 젊은 날의 회상을 주제로 한 것들이다.

헤세의 두 번째 단계 작품은 단순한 회상의 재현으로 그치지 않는다. 외형적인 사건이 점차 내면적인 의식의 발전으로 구현된다. 이 단계에서 헤세가 생각하는 충동과 정신, 현실과 이상 등 대립자 사이의 갈등이나 문명의 위기의식이 작품으로 폭발한다. 이런 성향은 성장 소설《데미안》(1919)에서 터져나와《싯다르타》(1922)에서 대가의 역량을 과시했고《황야의 이리》(1927),《나르치스와 골드문트》(1930)로 이어진다.

셋째 단계의 작품은 헤세 일생 일대의 총화라고 할 수 있는《유리알 유희》(1943)로 대표되는데, 그는 여기에서 자신의 전 생애의 체험과 사상(인도 및 중국 사상)을 예시적으로, 문자로 결정지어놓았다.

이런 여러 단계의 작품을 통틀어 헤세가 추구한 것은 아름다움과 정신의 세계, 한층 높은 단일성의 세계였다. 그는 그것을 전통적 신앙이나 고정된 학설에서 찾기를 거부하고, 전적으로 자기 내면의 정신적 체험에서 찾자고 주장한다. 따라서 헤세의 전 작품은 일관되게 내면의 복합적인 음성에 귀 기울인 내용에 대해 이야기하며, 거기에다 동양 종교의 특징인 명상을 끌어들인다.

《싯다르타》 역시 이런 헤세 작품의 특징을 여실히 드러낸다. 그의 두 번째 단계 작품에 속하는《싯다르타》를 헤세는 1919년에 쓰기 시작했다가, 일부만 완성하고 1년 반의 중단 끝에 2부를 완성, 1922년에 출판했다(이 책의 1부는 1914년 반전 논조에 대한 의견으로 뜻을 같이했던 로맹 롤랑에게, 2부는 언어, 문학, 종교 면에서 헤세에게 많은 동양 사상의 영향을 준 일본 출신의 사촌 빌헬름 군데르트에게 바쳤다).

《싯다르타》의 줄거리를 살펴보면 이러하다.

번거로운 제례와 스승의 가르침에 한계를 느낀 싯다르타는 같은 뜻을 가진 친구 고빈다와 함께 고향을 떠난다. 그리고 숲속의 사문들 곁에서 고행하며 자아의 초극을 체험하려 한다.

그러나 사문의 고행도 이미 크게 성장한 두 사람의 정신 세계를 만족시키지 못하여, 그들은 완성자라고 일컬어지는 고타마 붓다에게로 인도된다. 그곳에서 붓다의 설법을 듣고 고빈다는 붓다에 귀의하나 싯다르타는 설법(말)에 대한 불신만을 확인하고 떠난다.

깨달음을 갈망하는 그는 이제 가장 밑바닥의 자아를 알기로 결심하고 방당한 세속 생활에 실제로 몸을 담근다. 아름답고 현명한 기생 카말라에게 사랑의 기술을 배우고, 상인 카마스바미에게 부와 허세를 배운다. 그렇지만 근본적으로 싯다르타는 이런 생활을 윤회로, 어린애의 유희로 보고 경멸하며 도박에 몰입하다가 자포자기에 빠져 속세의 생활에서 도망친다.

그렇지만 자살하기 직전에, 희망에 찼던 청년 시절의 기억과 강의 신비스러운 음성이 그를 지켜준다. 그리하여 뱃사공 바수데바의 조수로 살아가다가 몇 해 뒤, 임종을 맞은 카말라를 만나고 둘 사이에 태어난 아들을 얻게 된다.

이렇게 하여 싯다르타는 아들을 통해 가장 괴로운 부성애의 번뇌를 겪는다. 버릇없는 아들이 아버지를 떠날 때의 엄청난 상실도 싯다르타는 견뎌낸다. 그리고 속세의 쾌락에 대한 정신적인 오만도 초극한다.

바수데바를 길잡이 삼아 강의 가르침을 받은 싯다르타 자신이 겸허한 완성자에 이른 것이다. 어느 날 아직도 평화를 못 찾고 구도의 길을 걷는 붓다의 제자 고빈다가 강가를 찾아와 완성자 싯다르타를 확인한다.

외형이나 역사적 내용으로 보아 이 소설은 인도의 성자 샤아캬무니, 고타마 싯다르타의 일대기에서 상당 부분 차용해왔다. 그렇지만 우리는 마땅히 이 작품을 불교 사상의 복음서가 아닌, 작가 헤르만 헤세의 세계관으로 이해해야 한다. 헤세는 1911년 어머니의 고향인 인도를 여행했고 1913년에는 인도 여행기《인도에서》를 썼다. 여행기에서 헤세 자신이 밝혔듯이 그는 "유럽에나 아시아에나 시간을 초월한 정신계와 가치의 세계가 있음"을 인식하고, 그것을 구현하고 싶은 욕구를 작품《싯다르타》안에 쏟아 넣었다.

헤세는 역사적 인물 고타마 싯다르타를 서로 분리하여 두 개의 다른 길을 걸은 깨달은이〔覺者〕로 발전시켰다(이런 분리 경향은 헤세의 모든 작품에서 쉽게 찾을 수 있다).

싯다르타란 산스크리트어로 “모든 것이 다 이루어지리라”는 의미다. 모든 것을 이루는, 즉 완성에 이르는 길로 사실상 이 작품에는 세 가지 유형이 제시되어 있다. 바수데바의 길, 고타마 붓다의 길, 싯다르타의 길이 그것이다. 바수데바는 모든 사유와 언어 이전에 직접 자연에 접하여 그 소리에 귀 기울인 선험적인 깨달은이다. 그는 이 작품에서는 다만 싯다르타의 각성(覺醒)을 촉구해주는 자연의 상징으로 등장할 뿐이다. 그보다도 작가 헤세는 고타마 붓다의 길에 대비되는 길을 걷는 싯다르타의 행적에 초점을 맞추고 싯다르타의 편에다 긍정의 마침표를 찍었다. 고타마는 금욕과 고행을 통해, 속세를 등진 길을 걸어 각성에 이른 유일자요, 싯다르타는 모든 금욕과 본능, 질서와 혼돈, 선과 악을 알몸으로 체험하여 완성에 이른 깨달은이였다.

이렇게 하여 그가 도달한 각성의 경지는 무엇인가? 그것은 세계의 단일성에 대한 깨달음이었다.

> 이 모든 것이 묶여서, 모든 소리, 모든 목표, 모든 갈망, 모든 번뇌, 모든 쾌락, 모든 선과 모든 악, 이 모든 것이 합쳐져서 세상이 되었다. 이 모든 것이 합쳐져서 생성의 강이요, 삶의 음악이 되었다. 그리고 싯다르타가 주의를 모아 이 강의 몇천 가지 노래에 귀 기울였을 때에, 그에게 번뇌도 웃음도 이미 구별하여 들리지 않았을 때에, 그가 자신의 영혼을 어느 한 소리에 묶어 자아를 그 음성 속에 몰입시키지 않고 모든 소리를, 전체를, 단일의 것을 들었을 때에, 비로소

몇천 소리의 위대한 노래가 단 한마디의 말로 이루어졌다. 그 말은 완성의 뜻 '옴'이었다.

이러한 깨달음에 이르기 위해 싯다르타는 고향을 떠났고, 친구를 떠났고, 붓다를 떠났고, 인간 세상을 떠났으며, 마침내 이른 곳이 바수데바가 있던 나루터, 자연(江)이었다.

이 번역서를 세상에 내놓으며 옮긴이는 부끄러움을 금할 수 없다. 무모하게 번역에 손을 댔다는 자책으로 몇 번을 중단했다. 도움말을 주신 대도선사(大道詵寺) 동광(東光) 스님과 한국외국어대학교의 이인웅(李仁雄) 교수님께 심심한 감사의 말씀을 드린다.

원문 텍스트로는 Hermann Hesse, *Siddhartha Eine indische Dichtung*, suhrkamp, taschenbuch Erste Auflage, 1974를 사용했다.

옮긴이

헤르만 헤세 연보

1877년 7월 2일, 독일 남서부 슈바벤 지방의 소도시 칼프에서 태어났다. 아버지 요하네스 헤세는 개신교 목사였고 어머니 마리 군데르트는 유서 깊은 신학자 집안 출신이었다. 부모님의 종교적 영향 때문에 헤세는 어린 시절 엄격한 환경에서 자랐고 종교적 신념을 강요당하기도 했다. 아버지는 인도에서 선교 활동을 한 적이 있었고 외사촌 빌헬름 군데르트는 불교 연구의 권위자였다. 이러한 환경은 훗날 헤세가 동양 사상에 관심을 두는 계기가 되었다.

1881년 가족이 모두 스위스 바젤로 이사했고, 1883년 아버지가 스위스 국적을 얻었다.

1886년 스위스 바젤을 떠나 독일 칼프로 돌아왔다. 헤세는 시골 마을 칼프에서 마음껏 뛰어놀았고 외할아버지의 집을 자주 방문했다. 외할아버지 헤르만 군데르트는 철학 박사이자 여러 언어에 능통했고 그런 외할아버지의 영향으로 헤세는 어린 시절부터 폭넓은 독서를 할 수 있었다.

1890년 신학교 시험 준비를 위해 괴팅겐의 라틴어 학교에 다녔다.

1891년 명문 개신교 신학교이자 수도원인 마울브론 신학교에 입학했다. 처음 몇 달 동안은 성적이 좋았지만 답답한 신학교 생활에 적응하지 못해 힘들어했다. 고전 그리스 시를 읽고 번역하거나 글을 쓰면서 보냈다.

1892년 "시인이 되지 못하면 아무것도 되지 않겠다"라며 신학교를 그만두었다. 이후 우울증으로 힘들어하다가 자살을 시도해 잠시 정신 병원에 입원하기도 했다. 11월에 칸슈타트 김나지움에 입학했다.

1893년 1년 만에 칸슈타트 김나지움을 그만두었다. 이것으로 헤세는 공식 학교 교육을 끝냈다. 이후 나이 많은 친구들과 어울리며 시간을 보냈고 술과 담배를 시작했다.

1894년 칼프의 시계 부품 공장에서 14개월간 수습공으로 일했다.

1895년 튀빙겐의 서점에서 일하면서 글을 쓰기 시작했고 비로소 안정을 찾았다. 이 서점은 신학, 문헌학, 법학 등 전문 서적을 판매했고 헤세는 책을 정리하고 포장, 보관하는 일을 했다. 일이 끝나면 책을 읽으며 개인 시간을 보냈고 신학 논문, 그리스 신화, 괴테, 실러, 니체 등의 책을 탐독했다.

1896년 시 〈마돈나〉가 빈의 정기 간행물에 실렸다.

1899년 첫 시집《낭만적인 노래》와 산문집《자정 이후의 한 시간》을 출판했다. 두 작품 모두 상업적으로는 성공하지 못했다. 더욱이 헤세의 어머니는《낭만적인 노래》가 너무 세속적이고 심지어 "죄악스럽다"라고 해서 헤세가 큰 충격을 받았다. 이후 스위스 바젤의 유명한 고서점에서 일했다. 바젤에서 헤세는 자기만의 고독하고 예술적인 탐구를 이어갔다.

1900년 눈 질환으로 병역 의무가 면제되었다. 이 질환은 신경 장애, 지속적인 두통과 함께 평생 그를 따라다녔다. 시문집《헤르만 라우셔》를 발간해 시인 부세의 주목을 받았다.

1901년 오랫동안 품어온 꿈을 위해 처음으로 이탈리아로 여행을 떠났다.

1902년 어머니가 세상을 떠났다. 헤세는 아버지에게 보낸 편지에서 "어머니를 사랑하지만, 내가 가지 않는 것이 우리 둘에게 더 나을 것 같다"라고 말하며 장례식에 참석하지 않았다.

1904년 첫 소설인《페터 카멘친트》가 문단의 주목을 받았다. 스위스의 유명한 수학자 집안 출신으로 아홉 살 연상인 스위스 최초의 여류 사진작가 마리아 베르누이와 결혼했다. 마리아의 아버지가 두 사람의 관계를 강하게 반대하자 마리아의 아버지가 없는 주말을 이용해 집을 나와 결혼했고, 이후 스위스 근처 가이엔호펜이라는 작은 마을에 정착했다.

1906년 마울브론 신학교의 경험을 담은 자전적 소설《수레바퀴 아래서》를 출간했다.

1910년 예술가의 내면을 탐구하는 작품인《게르트루트》를 출간했다.

1911년 스리랑카와 인도네시아로 긴 여행을 떠났고 수마트라, 보르네오, 미얀마도 방문했다. 이 여행은 그의 문학 작품에 큰 영향을 미쳤다.

1912년 여행에서 돌아온 후 스위스 베른으로 이사했다.

1914년 《로스할데》를 출간했다. 1차 세계대전이 발발하자 평화를 호소하는 글을 스위스 〈신취리히 신문〉에 발표했고 독일인들에게 매국노, 반역자라는 비난을 받았다. 자원입대했지만 전투에 부적격하다는 판정을 받고 전쟁 포로를 돌보는 임무를 맡았다.

1915년 《크눌프》를 출간했다.

1916년 아버지가 세상을 떠났다.

1917년 《데미안》의 집필을 시작했다.

1919년 작가로 이름이 알려진 상태에서 자신을 감추고 '에밀 싱클레어'라는 필명으로《데미안》을 출간했다. 아내가 조현병을 앓았고 그의 결혼 생활도 파탄이 났다. 헤세는 아내가 회복된 후에도 함께 미래를 꾸려가기 힘들다고 판단해 4월부터 집을 나와 혼자 살았다. 몬테뇰라의 오래된 성(城)인 카사 카무치를 빌려 글쓰기를 이어갔고 이곳에서 대표작을 여럿 집필하고 발표했다.

1920년 가장 활발한 작품 활동을 하던 시기로 《클라인과 바그너》, 《클링조어의 마지막 여름》, 《방랑》, 《혼란 속으로 향한 시선》을 출간했다. 수채화를 그려 첫 개인 전시회를 열었다.

1922년 《싯다르타》를 출간했다. 처음 출간되었을 때는 큰 주목을 받지 못했지만 1950년대 영어로 번역 출판된 후 영적 깨달음을 추구하는 젊은 독자들의 지지를 받았다.

1923년 아내 마리아 베르누이와 정식으로 이혼했다. 스위스 국적을 취득했다.

1924년 스위스 작가 리사 벵거의 딸인 가수 루트 벵거와 두 번째 결혼을 했다. 하지만 이 결혼에서도 안정을 얻지 못하고 3년 만에 이혼했다.

1927년 물질 과잉의 현대 문명사회 비판을 담은 《황야의 이리》를 출간했다.

1930년 지성과 감정, 종교와 예술 등의 대립을 다룬 《나르치스와 골드문트》를 출간했다.

1931년 미술사학자 니논 돌빈과 세 번째 결혼을 했다. 그동안 글을 쓰며 생활하던 카사 카무치를 떠나 더 큰 집으로 이사했다.

1932년 《유리알 유희》의 모태가 되는 《동방 순례》를 출간했다. 《유리알 유희》의 집필을 시작했다.

1933년 독일의 나치즘을 걱정스러운 시선으로 지켜보다가, 베르톨트 브레히트와 토마스 만의 망명을 도왔다. 1930년대에 헤세는 프란츠 카프카를 포함해 유대인 작가들의 작품을 소개하며 조용히 자신만의 방식으로 저항 의사를 표현했다. 이에 나치는 1930년대 후반에 헤세의 작품을 금지했다.

1943년 《유리알 유희》를 출간했다.

1946년 《유리알 유희》로 노벨문학상과 괴테상을 수상했다.

1962년 8월 9일, 85세의 나이로 세상을 떠났다. 평생 자유와 행복의 의미를 찾으려 했고 수많은 소설과 시, 그림을 남겼다.

옮긴이 차경아

서울대학교 독어독문학과와 같은 대학 대학원을 졸업하고 독일 본대학에서 수학했다. 서강대학교에서 문학 박사 학위를 받고 경기대학교 유럽어문학부 독어독문학과 교수로 재직했다. 옮긴 책으로는 잉게보르그 바흐만의 《말리나》, 《삼십세》, 《만하탄의 선신》, 안톤 슈낙의 《우리를 슬프게 하는 것들》, 막스 뮐러의 《독일인의 사랑》, 루이제 린저의 《생의 한가운데》, 미카엘 엔데의 《끝없는 이야기》, 《뮈렌 왕자》, 《모모》 등이 있다.

싯다르타

1판 1쇄 발행 1977년 5월 10일
5판 1쇄 발행 2025년 4월 15일

지은이 헤르만 헤세 | 옮긴이 차경아
펴낸곳 (주)문예출판사 | 펴낸이 전준배
출판등록 2004. 02. 11. 제 2013-000357호 (1966. 12. 2. 제 1-134호)
주소 04001 서울시 마포구 월드컵북로 21
전화 02-393-5681 | 팩스 02-393-5685
홈페이지 www.moonye.com | 블로그 blog.naver.com/imoonye
페이스북 www.facebook.com/moonyepublishing | 이메일 info@moonye.com

ISBN 978-89-310-2460-9 04800
ISBN 978-89-310-2365-7 (세트)

■ 문예세계문학선

★ 서울대, 연세대, 고려대 필독 권장 도서 ▲ 미국대학위원회 추천 도서
● 《타임》 선정 현대 100대 영문 소설 ▽ 《뉴스위크》 선정 세계 100대 명저

1 **젊은 베르테르의 슬픔** 괴테 / 송영택 옮김
▲▽ 2 **멋진 신세계** 올더스 헉슬리 / 이덕형 옮김
▲●▽ 3 **호밀밭의 파수꾼** J. D. 샐린저 / 이덕형 옮김
4 **데미안** 헤르만 헤세 / 구기성 옮김
5 **생의 한가운데** 루이제 린저 / 전혜린 옮김
6 **대지** 펄 S. 벅 / 안정효 옮김
●▽ 7 **1984** 조지 오웰 / 김승욱 옮김
▲●▽ 8 **위대한 개츠비** F. 스콧 피츠제럴드 / 송무 옮김
▲●▽ 9 **파리대왕** 윌리엄 골딩 / 이덕형 옮김
10 **삼십세** 잉게보르크 바흐만 / 차경아 옮김
★▲ 11 **오이디푸스왕 · 안티고네** 소포클레스 · 아이스킬로스 / 천병희 옮김
★▲ 12 **주홍글씨** 너새니얼 호손 / 조승국 옮김
▲●▽ 13 **동물농장** 조지 오웰 / 김승욱 옮김
★ 14 **마음** 나쓰메 소세키 / 오유리 옮김
★ 15 **아Q정전 · 광인일기** 루쉰 / 정석원 옮김
16 **개선문** 레마르크 / 송영택 옮김
★ 17 **구토** 장 폴 사르트르 / 방곤 옮김
18 **노인과 바다** 어니스트 헤밍웨이 / 이경식 옮김
19 **좁은 문** 앙드레 지드 / 오현우 옮김
★▲ 20 **변신 · 시골 의사** 프란츠 카프카 / 이덕형 옮김
★▲ 21 **이방인** 알베르 카뮈 / 이휘영 옮김
22 **지하생활자의 수기** 도스토옙스키 / 이동현 옮김
★ 23 **설국** 가와바타 야스나리 / 장경룡 옮김
★▲ 24 **이반 데니소비치의 하루** A. 솔제니친 / 이동현 옮김
25 **더블린 사람들** 제임스 조이스 / 김병철 옮김
★ 26 **여자의 일생** 기 드 모파상 / 신인영 옮김
27 **달과 6펜스** 서머싯 몸 / 안흥규 옮김
28 **지옥** 앙리 바르뷔스 / 오현우 옮김
★▲ 29 **젊은 예술가의 초상** 제임스 조이스 / 여석기 옮김
▲ 30 **검은 고양이** 애드거 앨런 포 / 김기철 옮김
★ 31 **도련님** 나쓰메 소세키 / 오유리 옮김
32 **우리 시대의 아이** 외된 폰 호르바트 / 조경수 옮김
33 **잃어버린 지평선** 제임스 힐턴 / 이경식 옮김
34 **지상의 양식** 앙드레 지드 / 김붕구 옮김
35 **체호프 단편선** 안톤 체호프 / 김학수 옮김
36 **인간 실격** 다자이 오사무 / 오유리 옮김
37 **위기의 여자** 시몬 드 보부아르 / 손장순 옮김
●▽ 38 **댈러웨이 부인** 버지니아 울프 / 나영균 옮김
39 **인간희극** 윌리엄 사로얀 / 안정효 옮김
40 **오 헨리 단편선** O. 헨리 / 이성호 옮김
★ 41 **말테의 수기** R. M. 릴케 / 박환덕 옮김
42 **파비안** 에리히 케스트너 / 전혜린 옮김
★▲▽ 43 **햄릿** 윌리엄 셰익스피어 / 여석기 옮김
44 **바라바** 페르 라게르크비스트 / 한영환 옮김
45 **토니오 크뢰거** 토마스 만 / 강두식 옮김
46 **첫사랑** 이반 투르게네프 / 김학수 옮김
47 **제3의 사나이** 그레이엄 그린 / 안흥규 옮김
★▲▽ 48 **어둠의 속** 조셉 콘래드 / 이덕형 옮김
49 **싯다르타** 헤르만 헤세 / 차경아 옮김
50 **모파상 단편선** 기 드 모파상 / 김동현 · 김사행 옮김
51 **찰스 램 수필선** 찰스 램 / 김기철 옮김
★▲▽ 52 **보바리 부인** 귀스타브 플로베르 / 민희식 옮김
53 **페터 카멘친트** 헤르만 헤세 / 박종서 옮김
★ 54 **몽테뉴 수상록** 몽테뉴 / 손우성 옮김
55 **알퐁스 도데 단편선** 알퐁스 도데 / 김사행 옮김
56 **베이컨 수필집** 프랜시스 베이컨 / 김길중 옮김
★▲ 57 **인형의 집** 헨리크 입센 / 안동민 옮김
★ 58 **소송** 프란츠 카프카 / 김현성 옮김
★▲ 59 **테스** 토마스 하디 / 이종구 옮김
★▽ 60 **리어왕** 윌리엄 셰익스피어 / 이종구 옮김
61 **라쇼몽** 아쿠타가와 류노스케 / 김영식 옮김
▲▽ 62 **프랑켄슈타인** 메리 셸리 / 임종기 옮김
▲●▽ 63 **등대로** 버지니아 울프 / 이숙자 옮김
64 **명상록** 마르쿠스 아우렐리우스 / 이덕형 옮김
65 **가든 파티** 캐서린 맨스필드 / 이덕형 옮김
66 **투명인간** H. G. 웰스 / 임종기 옮김
67 **게르트루트** 헤르만 헤세 / 송영택 옮김
68 **피가로의 결혼** 보마르셰 / 민희식 옮김

(뒷면 계속)

★ 69 **팡세** 블레즈 파스칼 / 하동훈 옮김
70 **한국 단편 소설선** 김동인 외
71 **지킬 박사와 하이드** 로버트 L. 스티븐슨 / 김세미 옮김
▲ 72 **밤으로의 긴 여로** 유진 오닐 / 박윤정 옮김
★▲▽ 73 **허클베리 핀의 모험** 마크 트웨인 / 이덕형 옮김
74 **이선 프롬** 이디스 워튼 / 손영미 옮김
75 **크리스마스 캐럴** 찰스 디킨슨 / 김세미 옮김
★▲ 76 **파우스트** 요한 볼프강 폰 괴테 / 정경석 옮김
▲ 77 **야성의 부름** 잭 런던 / 임종기 옮김
★▲ 78 **고도를 기다리며** 사뮈엘 베케트 / 홍복유 옮김
★▲▽ 79 **걸리버 여행기** 조너선 스위프트 / 박용수 옮김
80 **톰 소여의 모험** 마크 트웨인 / 이덕형 옮김
★▲▽ 81 **오만과 편견** 제인 오스틴 / 박용수 옮김
★▽ 82 **오셀로 · 템페스트** 윌리엄 셰익스피어 / 오화섭 옮김
★ 83 **맥베스** 윌리엄 셰익스피어 / 이종구 옮김
▽ 84 **순수의 시대** 이디스 워튼 / 이미선 옮김
★ 85 **차라투스트라는 이렇게 말했다** 니체 / 황문수 옮김
★ 86 **그리스 로마 신화** 에디스 해밀턴 / 장왕록 옮김
87 **모로 박사의 섬** H. G. 웰스 / 한동훈 옮김
88 **유토피아** 토머스 모어 / 김남우 옮김
★▲ 89 **로빈슨 크루소** 대니얼 디포 / 이덕형 옮김
90 **자기만의 방** 버지니아 울프 / 정윤조 옮김
▲ 91 **월든** 헨리 D. 소로 / 이덕형 옮김
92 **나는 고양이로소이다** 나쓰메 소세키 / 김영식 옮김
★ 93 **폭풍의 언덕** 에밀리 브론테 / 이덕형 옮김
★▲ 94 **스완네 쪽으로** 마르셀 프루스트 / 김인환 옮김
★ 95 **이솝 우화** 이솝 / 이덕형 옮김
★ 96 **페스트** 알베르 카뮈 / 이휘영 옮김
▲ 97 **도리언 그레이의 초상** 오스카 와일드 / 임종기 옮김
98 **기러기** 모리 오가이 / 김영식 옮김
★▲ 99 **제인 에어 1** 샬럿 브론테 / 이덕형 옮김
★▲100 **제인 에어 2** 샬럿 브론테 / 이덕형 옮김
101 **방황** 루쉰 / 정석원 옮김
102 **타임머신** H. G. 웰스 / 임종기 옮김
●103 **보이지 않는 인간 1** 랠프 엘리슨 / 송무 옮김
●104 **보이지 않는 인간 2** 랠프 엘리슨 / 송무 옮김
▲105 **훌륭한 군인** 포드 매덕스 포드 / 손영미 옮김
106 **수레바퀴 아래서** 헤르만 헤세 / 송영택 옮김
▲107 **죄와 벌 1** 표도르 도스토옙스키 / 김학수 옮김
▲108 **죄와 벌 2** 표도르 도스토옙스키 / 김학수 옮김
109 **밤의 노예** 미셸 오스트 / 이재형 옮김
110 **바다여 바다여 1** 아이리스 머독 / 안정효 옮김
111 **바다여 바다여 2** 아이리스 머독 / 안정효 옮김
112 **부활 1** 레프 톨스토이 / 김학수 옮김
113 **부활 2** 레프 톨스토이 / 김학수 옮김
▲●114 **그들의 눈은 신을 보고 있었다** 조라 닐 허스턴 / 이미선 옮김
115 **약속** 프리드리히 뒤렌마트 / 차경아 옮김
116 **제니의 초상** 로버트 네이선 / 이덕희 옮김
117 **트로일러스와 크리세이드** 제프리 초서 / 김영남 옮김
118 **사람은 무엇으로 사는가** 레프 톨스토이 / 이순영 옮김
119 **전락** 알베르 카뮈 / 이휘영 옮김
120 **독일인의 사랑** 막스 뮐러 / 차경아 옮김
121 **릴케 단편선** R. M. 릴케 / 송영택 옮김
122 **이반 일리치의 죽음** 레프 톨스토이 / 이순영 옮김
123 **판사와 형리** F. 뒤렌마트 / 차경아 옮김
124 **보트 위의 세 남자** 제롬 K. 제롬 / 김이선 옮김
125 **자전거를 탄 세 남자** 제롬 K. 제롬 / 김이선 옮김
126 **사랑하는 하느님 이야기** R. M. 릴케 / 송영택 옮김
127 **그리스인 조르바** 니코스 카잔차키스 / 이재형 옮김
128 **여자 없는 남자들** 어니스트 헤밍웨이 / 이종인 옮김
129 **사양** 다자이 오사무 / 오유리 옮김
130 **슌킨 이야기** 다니자키 준이치로 / 김영식 옮김
131 **실종자** 프란츠 카프카 / 송경은 옮김
132 **시지프 신화** 알베르 카뮈 / 이가림 옮김
133 **장미의 기적** 장 주네 / 박형섭 옮김
134 **진주** 존 스타인벡 / 김승욱 옮김
135 **황야의 이리** 헤르만 헤세 / 장혜경 옮김